中华魂

ZHONGHUA HUN

百部爱国故事丛书

毕生为文化而奋斗

——中国第一出版家张元济

张美芳　编著

吉林人民出版社

图书在版编目（CIP）数据

毕生为文化而奋斗：中国第一出版家张元济／张美芳编著．-- 长春：吉林人民出版社，2011.3（2021.8 重印）
（中华魂·百部爱国故事丛书）
ISBN 978-7-206-07544-5

Ⅰ．①毕… Ⅱ．①张… Ⅲ．①故事—中国—当代
Ⅳ．① I247.8

中国版本图书馆 CIP 数据核字 (2011) 第 032639 号

毕生为文化而奋斗
——中国第一出版家张元济

BISHENG WEI WENHUA ER FENDOU
——ZHONGGUO DIYI CHUBANJIA ZHANGYUANJI

编　著：张美芳
责任编辑：丁　昊　　　　封面设计：孙浩瀚
制　作：吉林人民出版社图文设计印务中心
吉林人民出版社出版 发行（长春市人民大街7548号　邮政编码：130022）
印　刷：北京一鑫印务有限责任公司
开　本：787mm×1092mm　1/16
印　张：8　　　　　　字　数：64千字
标准书号：ISBN 978-7-206-07544-5
版　次：2011年3月第1版　印　次：2021年8月第2次印刷
定　价：35.00 元

如发现印装质量问题，影响阅读，请与出版社联系调换。

总　序

　　《中华魂》是一套故事丛书。它汇集了我国自鸦片战争以来一百八十余年间的近百位民族英雄、仁人志士、革命领袖、先进模范人物的生动感人事迹，表现了他们作为中华儿女的伟大的爱国主义精神。

　　爱国主义是人们对于"生于斯、长于斯、衣食于斯"的祖国的一种神圣感情，是人们对于自己民族的一种强烈的责任感和使命感，是感召和激励整个中华民族的一面永不褪色的旗帜。在一百多年的中国近现代史上，爱国主义一直激励着中华儿女为祖国的独立、统一、进步和繁荣而英勇奋斗。从"苟利国家生死以，岂因祸福避趋之"的林则徐，到"我自横刀向天笑，去留肝胆两昆仑"的谭嗣同;从"铁肩担道义,妙手著文章"的李大钊,到"青春换得江山壮,碧血染将天地红"的赵一曼;从"县委书记的好榜样"的焦裕禄,到"问鼎长天,扬我国威"的邓稼先……都表现出了强烈的爱国主义精神。正是由于热爱祖国的人们前仆后继地奋斗,国家和民族才得以生存,才能够在一次次历史危急关头转危为安,走向兴盛和富强,从而屹立于世界民族之林。爱国主义是鼓舞中华儿女历经忧患、跨越沧桑、百折不挠、自强不息的伟大力量,它贯穿于中华民族的整个历史,并有力地凝聚着五洲四海的中国人。

爱国主义是一个历史的范畴,在社会发展的不同阶段、不同时期有不同的具体内容。革命时期,需要我们为祖国的独立自主出生入死;建设时期,需要我们为祖国的繁荣富强增砖添瓦。在全国各族人民团结一心,开启全面建设社会主义现代化国家新征程的今天,我们要争做一名新时期的爱国者。新时期的爱国者要有强烈的民族自尊心、自豪感。民族自尊心、自豪感是任何时期、任何爱国者都必须具备的情感。民族自尊心能增强我们自立向上的恒心,民族自豪感能树立我们建设祖国的信心。要树立"祖国高于一切"的崇高信念,为了祖国和人民的利益不惜抛却个人的利益,甚至不惜牺牲个人的生命。我们要树立终身学习的理念,拓宽自己的知识面,广泛吸收新知识、新技术,完善自身的知识结构,更新学习知识的方法与理念,从思想上、知识上充分武装自己,为祖国的繁荣昌盛贡献力量。

　　爱国主义思想的继承和发扬,是关系到民族盛衰、国家兴亡的根本问题。爱国主义思想情操的形成,需要不断地培养。培养爱国主义精神的一个重要途径是向英雄人物和典范事迹学习和致敬。这套丛书的出版,对于青少年向英雄和先进人物学习,特别是对于在中小学生中进行爱国主义教育是不可多得的生动的教材。祝愿此书出版发行成功,为培养时代新人做出贡献。

胡维革

中华魂
百部爱国故事丛书

编　委　会

为人务须振作精神。不可稍形颓丧。人生处世必有不如意之时。愈不得意，愈能振作，便不难人定胜天。

　　　　　　　　　　　——张元济

目 录

中华**魂**百部爱国故事丛书
ZHONGHUA HUN

家世与科举

　　张元济出身于普通家庭，祖上世业耕读，也曾出过进士、举人，到清朝嘉庆、道光年间，家道中落，景况平平。不过僻居乡里，声闻不远，算是浙江海盐地方的一般百姓之家。张家虽算不上高门大族，但书香传继，到张元济这一辈，读书求上进的宗旨仍延续着。张元济的父亲张森玉也不例外。他在海盐家乡习举业达到的资格是秀才，有了一个求功名的基础。但秀才在乡里虽有一定地位，要想走上正式仕途，非在更高一级的乡试中考中举人不可，当然会有不少人落榜，张森玉未曾中举，于是张森玉走的是捐纳的路。

　　据说，张森玉在21岁时，由父亲张应辰安排，随亲戚乘海船经潮州到广州。到广州后按例交银，捐得府通判、盐提举衔。这也是一种任职资格，可以遇缺候补，府通判为知府的僚属，张森玉后来又升格为"同知直隶州知州"，相当于从正七品升为从六品，仍属于佐贰之职。实际上他补缺后做官的时间也不太长，

拓展阅读
TUOZHAN YUEDU

捐 纳

捐纳，实际上就是花钱买官做，在晚清，这种本不正当的做法成了公开盛行的风气，由于咸丰、同治以后外患内忧频仍，国穷财绌，而朝廷又要维持场面，拨军饷军需，支撑河工，赈灾，所需浩繁而开源节流乏术，故大开捐例，索性卖官鬻爵。捐纳也便成了做官的捷径。

先后在海南会同县、海南陵水县知县任职，都是很偏僻的地方。

1864年，张森玉娶妻完姻，娶的是谢焕之女。谢焕也是比较低的地方官员，任广东乐昌县罗家渡巡检，是以正八品的肇庆府经历，借补为从九品的巡检，负责某关隘之地的治安。谢氏原籍江苏武进。张谢结姻后，育有三子二女，张元济为次子。所以，张元济家世和早年生活有一特别之处：籍贯为浙江海盐，出生却在广州。张家久居广州纸行街，整个童年时代，张元济是在广东度过的。他会讲粤语。直到14

岁那年才随母亲回到海盐定居。1880年（光绪六年庚辰），张家迁入海盐城年虎尾浜南岸一所旧屋，有几亩田产，雇有佣工，勤朴度日，生计尚可。张氏祖庐"涉园"因此逐年衰没。后来，张元济曾寻访旧园，只见"林木参天，颓垣欲堕，途径没蒿中，小池湮塞；旁峙坏屋数椽，族人贫苦者居焉"。作为后裔子孙，"偶于苔藓中见石刻《范忠贞诗》，摩挲读之，徘徊不忍去。"

在广东，张元济7岁时入私塾读书，接受传统的知识教育和修身熏陶，自然，传统教育主要在为科举作准备。14岁那年，张元济为迎接童生考试随母返回老家海盐居住。但是第二年的年末，家中有了变故，在外服官的父亲忽然病逝于海南，时年39岁。而张元济一家，除了他本人长寿，一个妹妹活了70岁，哥哥死时只有39岁，弟弟20岁亡故，还有一个妹妹早殇。这其中也有张森玉病故后家境渐窘的原因。

张元济从广东回到浙江，摆在面前的仍然是读书科举之路。对于张元济的青少年时代，与传统读书人一般样，好在他思想开明。他在回到海盐后，有两年时间与兄元煦就读于查济忠先生处，张元济曾称赞他的老师，是"于学无所不窥"。但先生传讲，弟子诵读，内容科目皆不出一定程式。大抵从幼时启蒙识字，由《三字经》、《百家姓》、《千字文》读起，也读读《孝经》、《诗品》一类，然后就须照例读"四书"了。年纪稍长，从做对开始，开笔作诗、作八股文，待到知识、能力有一定积累之后，就要考虑考秀才的问题了。这也是传统读书人出仕的第一道门槛。

张元济故居

1884年春天，18岁的张元济与兄元煦投考科举第一关，即"县试"。兄弟双双中了秀才。此后三年，为参加岁试、科试，以取得参加乡试的资格。张元济不忘切磋学问。其间，张家出钱请家教辅助，学业益进。

1889年，张元济赴省城杭州乡试。这一年由于光绪大婚、亲政，特开恩科，等于是增加了一次考试，10月9日发榜，张元济中式第十名举人，同时入榜的还有他后来的朋友汪康年、蔡元培、吴士鉴、徐珂、汪大燮等。捷报传回，合家喜慰。光宗耀祖无过于此。这一年冬天，张元济与吾氏在海盐结婚。

他25岁时，进京赶考。不幸的是，抵达京城不久，吾氏夫人忽然因病去世的消息便传来。但是，张元济应考顺利，发榜时是中式第四十七名贡士。接着是复试和保和殿殿试，贡士比较轻松。做完策论，就等着考官荐卷，皇帝钦定名次。张元济得中二甲第二十四名进士，同科进士有吴士鉴、蔡元培、汤寿潜、

点翰林与庶吉士

一甲三名，依次为状元，榜眼、探花，是为"鼎甲"，榜下受职为翰林院修撰和编修。如果中在二甲、三甲，须再应一次朝考，成绩好的派到翰林院庶常馆学习，称作庶吉士，考取庶吉士，叫做点翰林。张元济即在他26岁这年点了翰林，成为庶吉士，入馆学习。据说，"国朝士路，以科目为正。科目尤重翰林，卜相非翰林不与，大臣饰终必翰林乃得谥文，他官叙资，开必先翰林。"是为"鼎甲"，榜下受职为翰林院修撰和编修。如果中在二甲、三甲，须再应一次朝考，成绩好的派到翰林院庶常馆学习，称作庶吉士，考取庶吉士，叫做点翰林。

叶德辉、庸文治等。

张元济在他26岁这年点了翰林，成为庶吉士，入馆学习。至此，张元济稳健地走上了仕途。但此时家中又发生了一件不幸的事，他的弟弟元瀛病死在家乡，年仅20岁。

初 入 仕 途

张元济入翰林院后的几年，有好几位浙江人做了军机大臣，如许庚身、徐用仪、王文韶、钱应溥。许庚身为同治元年进士，官兵部尚书、军机大臣兼总理衙门大臣，又是王辰进上朝考阅卷官，曾阅张元济考卷，对其极为欣赏，打算把幼女许配张元济为妻。但后来许庚身病逝。张元济与许夫人结缡已在第二年四月。此时既已"奉母入京供职"，便迁入西皇城根许宅，在京定居。

1894年（光绪二十年），张元济被分发刑部，任贵州司主事，身列部曹。庶吉士散馆例须大考，成绩较优者"国馆"，授编修、检讨等职，次者改六部主事、内阁中书；前者有蔡元培，后者有张元济。适逢此时，甲午中日战争爆发。而战争的失败，又给中国带来丧权辱国的《马关条约》。

甲午中日战争的结果，强烈的刺激了国人的神经。人们无法理解，这样的事实竟是出现在大声疾呼"自强"的20年之后，况且中国历来认为这个亚洲对手是在文化和力量上都不如自己的小国，因此，屈辱之感特别强烈，舆论沸然。

1895年5月，1300名进京会试的举子"公车上书"，向朝廷请愿要求拒和、变法。虽然当时张元济没有参与，却是震动在心。他后来曾追述："五十多年前，因为朝鲜的事件，中国和日本开战，这就是甲午中日战争。结果我们被日本打败。大家从睡梦中醒来，觉得不能不改革了。"

忧国忧时，这正是张元济由六品京官循规蹈矩转而倾向维新、学习西学，以图救亡的开始。正像"忧患"成为晚清历史的主题，"经世致用"成为其时思想学术的主要祈求，"维新"，可以说是19世纪后半期中国社会变迁的明显要求与趋向。为了适应中国所面临的巨大变化，必须促使更多的中国人了解和学习新的东西。而这一点，后来成为张元济毕生的事业。西学渐入的同时，张元济发现国人不易转变积累了数千年的习惯，逐渐他也形成了"自强以兴学为先"和"以醒人为救人"的启蒙意识。于是，他先从学习做起。1896年，30岁的张元济开始努力读英文，读西方法律书籍，并拟购阅日文报纸。对于梁启超主笔的《时务报》，搜求备览，以为"崇论宏议，以激士气，以挽颓波"，"令人奋发"。

1896 年（光绪二十二年）8 月，张元济以部院司员身份参加了总理衙门考试，获选充总理衙门章京，同批

1898 戊戌维新时期摄于北京

进署的还有唐文治、汪大燮等。张元济为一般章京。他担任此职，是想"于外交上稍效绵薄"。然而他已意识到官府衙门弊端太多，因而在致友人书中称："弟本无聊，姑应译署之试，今竟记名，深恐一入樊笼，将来必成废朽。远游夙志，至此益坚。凡鸟固不可与为伍，而择木亦不可不慎。"当时张元济似有随同出使外国之意，所谓"远游"当指此。因其适与黄遵宪相晤，黄适驻外多年后归国入觐，有可能再奉旨使外，后未果。

在总理衙门的工作，可以说"浮沉郎署"，用张元济自己的话说："惟译署办事总以清净寂灭为主，其奈之何哉！""弟在总署，无可进言之处。"张元济还曾在致汪康年书中提到两件外交上的"小事"："一，德使

之事虽是无礼，然其咎仍当归之译署。盖事前并未送仪汪单。田贝为领班，向译署索之，乃仅覆以照旧一言，一署数十人不知所办何事也。现诸使并欲于东华门栅栏内下轿，向译署力争。而恭邱乃曰此吾济下轿之地，彼辈何能至此。人之待我若此，而我之自待又若此，何夜之长而梦之沉乎。二，日本来询彼国太后之丧，我皇持服否，事诚有之。浅见者引为百世之耻矣。然彼正非礼。去年醇亲王福晋薨，各使臣以何日下旗询诸译署，而各堂日此必须出奏，然奏则东朝必不乐，不如拒之。则人固未尝无礼于我也，今日已为列国之世界，而在朝诸人胸梗一统二字，宜其措置之乖也。"这段文字充分表达出张元济对昏聩的官场所持有的批评态度甚为严厉。他还不无忧虑地说："都中无甚新闻，惟内庭召集百人，日钞戏本进呈乙览。外城气象已复太平，团拜演戏日有所闻，若深恐其不可多得而故纵其欲者。事变之来，盖不远矣。"

张元济在而立之年既不愿碌碌无为，又自知不能像康有为、梁启超那样成为活动家、宣传家，于是他的维新思想便落到具体的努力上。如其所谓"自强之道，以兴学为先"，"时至今日，培养人才，最为急务"。作为倾向维新的人物，他更注意的是知识意义上的启蒙以及为此而开辟有效的"渠道"。在总理衙门供职期间，张元济的"有所为"体现于三方面：进书、分报、办学堂。

尽管已是19世纪末，大多数读书人和朝廷官员，仍旧不肯接受西学新知，张元济在其间可谓好读书者，他了解得较多，因而对已翻译过来的西书做了开风气的引导推介工作。由于新书缺乏，他还向在上海的友人了解上海售书的情况，取信索要书目，尽量订购书刊及天文地理图表，甚至订购关于政事的英文书，拟尝试自己翻译。当时，维新舆论及传播中心在上海，由梁启超、汪康年主持的《时务报》也在上海编发，成为一时翘楚，张元济与汪、梁互通信息，对维新活动中出版事业的重要性多有探讨。张元济还承担了在京中分派报纸，扩大其影响的事务。耐心和坚持是张

张元济图书馆

元济从事维新事业时所自勉的。也正因为如此，"忍耐"和"坚持"的历史意义才彰显其价值。同时还有另一面的问题，即改革的进程，急变与渐变，何为可取？张元济感觉还是谨慎渐进比较策略："吾辈今日做事，摘瑕伺隙者，不计其数。少一不慎，即为所毁矣。岂惟仇我者有然，即自谓趋时者，方其半明半昧时，于此等事，亦必致触发其旧毒也。"

1897年（光绪二十三年）初，张元济着手创立一所新式学堂——西学堂（后更名通艺学堂），参与筹办者有陈昭常、张荫棠等，均系一般部曹官员。张元济致信汪康年时提到，办一所以教授英文和数学为主的西学堂，看来好处一是可作育人才，二是可逐渐转变陷溺于八股的风气。

这一年，正是戊戌维新的前一年，各地都涌现了不少新学堂，但在都城官绅眼皮子底下，还算是新鲜事。在此之前官方也不是没有办过学堂，著者如京师同文馆、船政学堂、水师学堂、武备学堂等，但格局气象不大，兴办教育的功能比较狭窄，效果也不理想。所以必要的是尽量推广学堂，由张元济这样一些有心人加以筹划。学堂本为教授西学而设，但为了得到官方认可和筹款方便，不久即定名为"通艺学堂"，并加以传统的解释说："国子之教，六艺是职，艺可从政。

这所在京城琉璃厂赁屋开办的学堂，得到了总理衙门的支持和皇帝的批准，张荫桓侍郎还函情各省督抚募捐。张元济为学堂商量聘请教师，购置图书仪器及拟定章程花了不少精力，但学堂是否能"可望长久"，实在未卜。首批进馆的学生有叶景葵、林旭等。林旭即为戊戌政变死难的六君子之一。叶景葵后来则是经营兴业银行的藏书家，成了张元济的好友。

1898年，百日维新时，张元济曾对此有过如下自述：二十八日（即公历六月十六日——引者）天还没有亮，我们就到西苑，坐在朝房里等候。当日在朝屋的有五人，荣禄、二位放到外省去做知府的、康有为和我。荣禄架子十足，摆出很尊严的样子。康有为在朝房里和他大谈变法，历时甚久，荣禄只是唯唯诺诺，不置可否。召见时二位新知府先依次进去。出来后大监传唤康有为进去。大约一刻钟光景，康先生出来。我第四个进去，在勤政殿旁边一个小屋子里召见（这个殿现在已经完全改变样子，看不出了）。光绪坐在上座。前面放扎着黄桌帏的一张书桌，光绪也穿着衣冠。我进去后跪在桌子旁边。当时，屋子里没有第三个人，只有一君一臣相对。太监留在门外，不能进内。

当时滇越边境发生划界的争执，光绪对我说，我们如果派人到云南去，要两个月才会走到，但外国人只要十天八天就会到达。我们中国道路不通，一切落后，什么事都赶不上外国，怎么好和人家交涉呢？我说皇上现在励精图治，力求改革，总希望国家能够一天比一天进步。我当时听他说这句话，心里觉得这位皇帝也够可怜的了，也不便再说什么。

戊戌变法

1898 年，中国维新派在清光绪帝支持下推行的革新运动称戊戌变法，又称戊戌维新。中日甲午战争（1894—1895）后中国民族危机日益严重。维新派康有为、梁启超、谭嗣同、严复等希望按照西方国家的模式，推行政治、经济改革，争取国家富强。维新派在各地组织学会，创办报刊，设立学堂，宣传变法主张，受到少数官僚赞助。光绪接受维新派改革方案，1898年6月11日颁布"明定国是（"国事"既可以指对国家有重大影响的事情，也可以指一般的国家事务；而"国是"则专指国家决策、规划等重大事务。）诏"，宣布变法维新。在103天里颁布数十条维新诏令，因而被称为"百日维新"。新政主要内容为倡办新式企业、奖励发明创造；设铁路、矿务总局，修筑铁路开采矿产；废除八股，改试策论，开设学校，提倡西学；裁汰冗员，削减旧军，重练海陆军。这一切只是万言书中的一部分，然而实质是光绪皇帝推翻慈禧太后，稳定自己政权的政治手段，万言书中大部分没有执行。9月21日慈禧太后发动政变，囚禁光绪帝，逮捕维新派。康有为、梁启超逃亡国外，谭嗣同、康广仁、林旭、刘光第、杨锐、杨深秀等"六君子"被杀害。谭嗣同也发表了"为革命流血请从谭嗣同开始"的言论。除了开设西方学校以外，其他新政都废除，标志着"百日维新"失败。

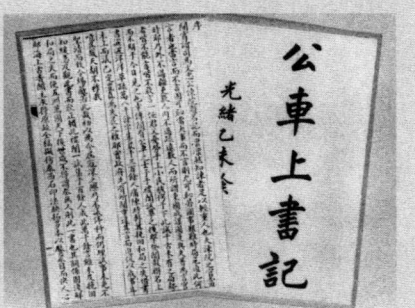

这次难得的召见，虽然是作为低级官员却很引人注目，但张元济既未对变法有所建言，光绪也未就大事决策有所垂询。在张元济看来，6月16日的召见，君臣独对，使张元济直到晚年都怀有知遇之感。有意思的是，对于光绪，他虽不掩饰以明君圣主相期，却了解了皇帝近于"囚徒"的处境，对光绪的这种处境和悲剧性人格，怀有已经超出知遇感恩的道德同情。对西太后及旧党的阴谋倾覆深怀道德上的厌恶。他后来写诗表达过这两种心情："微官幸得觐天颜，祖训常怀入告编，温语虚怀前席意，愧无良药进忠言。帝王末世太酸辛，洗面常留涕泪痕。苦口丁宁宣国是，忧勤百日枉维新。为拯国危频发愤，反违慈意竟成仇，幸灾乐祸心何毒，岂是人鸣戴言头。何处鸡声鸣不已，风萧雨晦倍萧寥，分明阴盛阳衰像，应是司展出牝朝。"

他后来回忆那段时光："那时守旧党派反对新政的空气已甚浓厚，我就劝康有为适可而止，不可操之过急。并劝他趁机会到南方去开办学堂，造就一批新的人才，将来自然有人帮忙。一面可以缓和缓和反对的势力。但康不肯听从，说这事一定要往前进。至于后来所传谭嗣同说袁世凯带兵围颐和园事，真相如何，我不能知悉。因为那时我只在外围，秘密我未参

与。"张元济在戊戌
变法运动中始终处于
边缘。

9月5日，张元
济上了一道奏折——
《痛除本病统筹全局
以救危亡折》，从名
称宗旨上可看出他对
变法的认识，骨子里
也意味着要从根本上
寻找病症（现实中变法的困难）以求开新。奏折提出
的一些建议应该说比较切实中肯，所谓"审脉察情"，
"绘图布算"，绝非泛泛之言。然而其总纲五条，如
"设议政局以总变法之事"、"融满汉之见"、"定用人之
格"等，非不扼要，其实又在当时条件下乃无从实践
者，因为必然要触及后党守旧集团的痛处。由此也可
见张元济拯危救焚之心虽颇为迫切，终究不免书生志
略，按说，就思想而言仍他的主张不过是对若千年来
维新思想的一次具体陈述，尽管如此，直到戊戌变法
已实施起动的时候，仍难以诉诸实行，由此可见晚清
近代化进程的艰难。

奏折上达的这一天，正是光绪任命谭嗣同等四京

青年时期的张元济

卿参与新政的同时，党争已经激化。随后的半月内，诸多问题已难以从容讨论或试为筹划。尽管也许光绪接受了张元济的某些想法，譬如准备开懋勤殿议政以总揽"变制定宪"，皆因准备不足或力量有限而搁置，且无补于日渐恶化的处境。政变发生后，六君子遇难，被抓的人还有许多，保荐过张元济的徐致靖、尚书李端棻、侍郎张荫桓。陆续被革职的有数十人。一时气氛恐慌，张元济的命运吉凶在未卜之间。虽然形迹、志趣各有不同，张元济总归名列新党，与百日维新有解不脱的干系。有人劝他逃亡避祸，他不逃，理由是："余有母在，此求生害仁之事，余何能为？唯有顺受而已。"

张元济在等待中还一时冲动，赴贤良寺谒李鸿章，试图说动李鸿章对局面有所挽回。当时李为总理衙门大臣。张自述："余既见文忠于贤良寺，直陈来意，谓强邻遣人觇国（时日本伊藤博文以聘问为名昨甫觐见），设将变法之事遽行停罢，甚或对皇上别有举动，恐非社稷之福。中堂一身系天下之重，如能剀切敷陈，或有转移之望。文忠闻言，瞠目视余者久之，默然无语。"

不过，政变后的迫害确也遭到了限制。例如徐致靖、李端棻等人未被处决。赵凤昌《戊庚辛纪述》云：

由于政变引起各国的专注，中外震惊，谣传有废立之谋，英领事表示将干预。盛宣怀急电荣禄，"望勿再有大举"。张元济也终于未遭到逮捕。

10月4日，事情明朗，圣旨下，张元济与王锡著、李岳瑞同被"革职永不叙用"，张元济将通艺学堂结束，校产造册，转交于京师大学堂，也准备结束他6年的京官生活。后来，张元济刻了一枚图章以自况，铭曰："戊戌党锢孑遗"。

自1892年初入京会试，到1898年10月革职离京，张元济在京城已住了近7年时间。在临近世纪末的年头，越发失去了平静，添加着忧患与动荡。在张元济走向"而立之年"过程中，有两次震动，扭转了他作为传统士大夫所要走的道路。第一次震动是甲午战争的失败，激发他投入维新的潮流。戊戌政变则是又一次更关系自身命运的震动，由此，张元济的为官生涯已然断送，借政治改革而推进国家近代化的愿望，成了破碎的梦。这也把另一种可能的选择变得更加现实，他的人生传统规范、契约、束缚变得更加自由，张元济多少可以摆脱"翅膀"的沉重感。应该说，这是一个大转折，谭嗣同等人的血惊醒了不少人，戊戌政变使许多人放弃了对清政府的幻想。不过，既然张元济从来都不具有激进

张元济书法

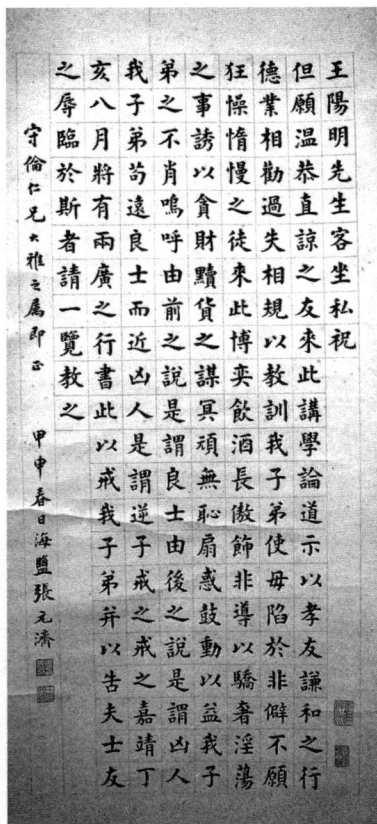

的思想性格，同时又始终抱有借开发民智逐渐改良社会的志向，他离开北京这个政治中心，便走上一条教育救国、文化启蒙的漫长道路。

几天后他携家经津抵沪。严复留在了北洋水师学堂，他给张元济的信函中说道："复自客秋以来（即戊戌政变以来），仰观天时，俯察人事，但觉一无可为。然终谓民智不开，则守旧、维新，两无一可。即使朝廷今日不行一事，抑所为皆非，但令在野之人，与夫后生英俊，洞西中西实情者日多一日，则炎黄种类未必遂至沦胥，即不幸暂被羁縻，亦得有复苏之一日也，所以屏弃万缘，惟以译书自课。"

张元济在当时的私人信件中，对变法革新的弱点有所批评："卓如因不羁之才，然以云办事，则未见其可，亦其师承然也。"

毕生为文化而奋斗

——中国第一出版家张元济

戊戌变法后记

1918年，张元济为商务印书馆编辑了《戊戌六君子遗集》一书。他在序言中写道："六君子之遇害至惨且酷，其震骇宇宙，动荡幽愤，遏抑以万变，忽忽蹈坎阱，移陵埋谷，以祸今日；匪直前代之钩党株累，邪正消长，以构一姓之覆亡已也！故晚近国政转变，运会倾圮，六君子者，实世之先觉，而其成仁就义，又天下后世所深哀者。独其文章若存若亡，悠悠者散佚于天壤间，抑不得尽此区区后死者之责，循斯以往，将涸于丛残，旧文益不可辑，可胜慨哉！默念当日，余追随数子辇下，几席谈论，旨归一揆。其起而惴惴谋国，盖恫于中外古今之故，有不计一己之利害者，而不测之祸，果发于旋踵。余幸不死，放逐江海，又二十年，始为诸君子求遗稿而刊刻之。生死离合，虽复刳肝沥纸，感喟有不能喻者矣！"

南　洋　公　学

戊戌变法后，张元济悄然来到上海，开始走属于他的新生活。

1899年，维新改革的影响在上海乃至中国逐渐显现，如新式学堂、学会、社会精英主办的新式报刊仍有其继续成长的土壤。这也正是张元济一贯感兴趣和曾经投入的事业。李鸿章经营北洋时期，喜欢招揽人才，不少文人学士入幕赞画为其所用或者声气相应。由于张元济并非政治人物，又比较开明温和，革职之后，李鸿章便有意表示安慰，意欲招揽。李特派其幕僚于式枚上门慰问，并询问以后打算如何，张元济告以将回上海谋生。数日后于式枚特地前来告知张元济：

南洋公学最早校门，沿用至1911年。

毕生为文化而奋斗
——中国第一出版家张元济

南洋公学

南洋公学是盛宣怀以官办商捐形式创办的一所新式学堂。盛宣怀字杏荪，别号愚斋，江苏武进人。同治年间入李鸿章幕，得李信任，参与洋务，当过招商局会办、电报局总办、海关监督，凡淮系洋务派所办轮船、电报、纺织等主要企业，悉由一手掌握。到1896年时，盛宣怀获取芦汉铁路督办权，以上海为基地，遥控汉阳铁厂、大冶煤矿、萍乡煤矿，近制轮、电两局及新创的通商银行，"声势煊赫，一时无比。"也就在这时候，南洋公学成立了。这是最早由国人自办的大学之一，即后来的交通大学。盛宣怀主张讲求新学，以"练兵、理财、育才"三事为要，而南洋公学的宗旨则在于培养学生既"通达中国经史大义"，又"精于工艺、机器制造、矿冶诸学"，仍不外"中学为体，西学为用"的路子。在当时，"南公"也有特点，例如，一个是首先在1897年4月开学时设立了"师范院"，为学校培养自己的师资。这是中国有师范教育的开端。第二个特点即是兼设译书院，由张元济来主持，译员主要为日本人，主要译述日本和西方教育、政治、经济等新学书籍。第三是公学仿日本师范学校有附设小学校之法，设一外院学堂，并首先编印了《蒙学课本》以及《笔算教科书》、《物算教科书》等。

"中堂已告知盛宣怀，去沪后将由盛安排工作。"因此，张元济的生计便有了着落。张元济曾说："我平素和李鸿章没有什么渊源，只是长官和下属的关系而已。但他对我似乎是另眼相看。"于是，1899年3月，张元济被聘为南洋公学译书院院长。

张元济于1899年4月到职，在此之前曾致书在天津的严复，咨询译事如何开展，诸如请严复推荐英文译者，问译书的报酬，问政、法、财、商之类如何选书，"拟先译专门字典"等等。这些事务安排，很难立竿见影，故当时所译书目均为日本的军事书籍，状况平平。比较起三十年前江南制造局译馆由傅兰雅、林乐知、徐寿、华蘅芳、李善兰等主持翻译的格致之书，似乎进展不大。张元济曾感觉一切未得头绪。

严复从1897年已开译的《原富》一书（亚当·斯密所著古典政治经济学名著），最后交给了张元济，由南洋译书院在1901年出版，作为公学学生的必读书籍。张元济还为此书编制了综合术语表作为附录，这本书虽不如讲"优胜劣汰、生存竞争"的《天演论》影响大，但是它不仅仅讲"理财之道"，更是阐述富强的基础。严复通过阐释《原富》进而分析：在文明的利己和"义"之间并无鸿沟。他说："自天演学兴，而后非谊不利，非道无功之理，洞若观火。而计学（指经济学）之论，为之先声焉，斯密之言，其一事耳。尝谓天下有浅夫，有昏子，而无真小人。何则？小人之见，不出乎利。然使其规长久真实之利，则不与君子同求焉，……故天演之道，不以浅大昏子之利为利矣，亦不以谿刻自敦滥施妄与者之义为义。"在《原富》的出版过程中，张元济接受了严复的上述思想，他后来之所以投身于出版业，从事一种建设性的义利兼顾的活动，未尝不源于这种观念。

此外，译书院的工作为张元济提供了一种和编书、出书打交道的机会，也使他同出版印刷业有了接触。

时间不久，他因印刷业务的关系，结识了商务印书馆的夏瑞芳。他没有想到这种偶然的相识，竟是尔后数十年同商务印书馆结下不解之缘的开端。

1900年，义和团运动在北方爆发。此时的张元济仍供职于南洋公学译书院。虽然义和团未波及到东南，可是张元济仍不能不以时局艰难惄惄为念。他常约吴禄贞、陈锦涛、温宗尧等至寓所商谈国事。6月18日，张元济读报后写信给盛宣怀，认为"现在事变更急，断非寻常举动所能挽回"，建议"似宜速兴各省有识督

夏 瑞 芳

夏瑞芳，字粹方，上海青浦人，幼年因家贫随做小买卖的父母至上海，入教会所设小学，三年后入清心堂学习。18岁时入教会医院习医，不久，又入报馆习英文排字，先后在字林西报、捷报馆做排字工头，稍有积蓄，便与妻兄鲍咸恩等合资自营印刷厂。1897年，这个印刷厂正式成立时命名为商务印书馆。早期的商务印书馆，只为一规模不大的印刷所。

毕生为文化而奋斗

——中国第一出版家张元济

抚联络，亟定大计，以维持东南大局"。6月27日，张元济母亲病逝，盛宣怀来奠祭，7月14日张元济致谢函于盛宣怀，又就时局陈言："今日之事，我公正宜破除成就，统筹全局，毋泥人臣无将之义，一守事豫则立之训，剀切为东南各帅一言而谋……"又言："北方糜烂至此，实咎在我顽固政府。我既不能遣兵靖难，致外人受此荼毒，复劳各国兴师动众代平内乱，返躬自思，能无愧愧？"由此，张元济介入了一场很快就失败了的自立会起义的外围活动。自立会原名正气会，当7月26日集会时，张元济也有参与。此次集会定名为"中国议会"。组会时声明大旨为：一、不认通匪矫诏之伪政府；二、联络外交；三、平内乱；四、保全中国自立；五、推广中国未来之文明进化。容闳、严复（此时避北方战乱来沪）被推举为正副会长，唐才常为总干事。唐才常是戊戌死难之谭嗣同的同乡、同学，也是同志。唐、谭两人曾自命一个是"横人"，一个是"纵人"，均以变法维新纵横天下为志。嗣同既"前赴"临难，才常誓为"后继"，以酬故友，故戊戌后奔走海内外，组自立会，并广为联络，与秦力山、林圭、沈荩等图谋于庚子年夏武装举义。但起义事虽在策划，曾参与自立会会议的张元济却不了解。7月末，自立会第二次集会时，容闳提名张元济任会计事，张辞而不就，表明了他对直接的政治活动没有足够的热情。自立会起义由于基础和准备不够，很快流产。因事机泄漏，唐才常在汉口被张之洞捕获，旋即被杀。

1901年初，南洋公学总理何嗣焜突然病故。张元济代为总理校务，代理时间约一个学期。开始是忙于筹备附属小学的开学，使其在计划、经费、课本等问题上就绪。后来成为国民党元老的吴稚晖，做过驻比利时、日本公使的汪荣宝当时都是公学师范生，帮助先生理事或任教员，这个小学顺利开学了。张元济服务南洋公学，所做另一件重要的事为"特班的开设"，他上报盛宣怀说："窃维数年以内风气顿开，硕彦名流大都喜通彼学（西学），徒以学堂有限，肄习无门，浅

南洋公学图书馆

尝辄止，良堪悯惜。兹奉钧谕增设特班，广招秀出之材，俾跻大成之域。"由此，也可以看出张元济对时世需要人才的急切呼唤。

张元济亲自制定章程，规定："凡学识淹通，年力健强者均可入学，有无出身勿论，曾习西文否勿论。"开设特班，满足了当时部分读书人学习西学的要求。特班开设了一些西学的高等功课：如地理、史学、政治学、经济学、逻辑学等。由蔡元培任特班主任，在教学上施行新式教育法。譬如，课程为：半日读书，半日习英文及数学，间以体操。"其指导读书之法，手写修学门类及每门应读之书目以及阅读此序。门类为政治、法律、外交、财政、教育、经济、哲学、科学、文学、论理、伦理等等，每一学生自认一门或二门，依书目阅读，每日令写札记；手自批改。每月命题作文一篇，亦手自批改。每夜招二三学生谈话，或发问，或令自述读书心得，或自述对时事感想。正课之外，劝学生习日文，自行教授，并指导学生练习由日译汉。此外，鼓励学生练习演说及国语，以培养启发群众之能力。其教导重心在于灌输爱国思想。"但是不久后，张元济就辞去南洋公学总理兼职，专任译书院长，特班的学生中有不少著名人士，如李叔同、胡仁源以及邵力子、黄炎培和文学家谢无量等。

蔡元培

1901 年 10 月 5 日，张元济致书盛宣怀说："国家之政治，全随国民之意想而成。今中国民智过卑，无论如何措施，终难骤臻上理。国民教育之旨，即是尽人皆学，所学亦无须高深，但求能知处今世界不可不知之事，便可立于地球之上。否则岂有不为人奴，不就消灭者也。……中国号称四万万人，其受教育者度不过四十万人，是才得千分之一耳。且此四十万人者，亦不过能背诵四书五经，能写几句八股八韵而已，于今世界所应知之事茫然无知也。"可以看到，张元济非常重视广泛的民众教育和启蒙。

1901 年 12 月，张元济与蔡元培合作筹办《开先报》（后改名《外交报》），张为董理，蔡为撰述。其宗旨为"荟我国自治之节度、外交之政策，与外国所以对我之现状、之隐情，胪举而博译之，将以定言论之界，而树思想之的，为理论家邮传，而为实际家前驱"。《外交报》自 1902 年 1 月创刊，至 1911 年 1 月停

毕生为文化而奋斗

——中国第一出版家张元济

刊，一共出了300期。最初由社亚泉创办的普通学书室发行，第29期后改由商务印书馆发行。这也是商务印书馆发行的第一份刊物。

清 末 十 年

1902年，张元济辞去南洋公学职务，应夏瑞芳邀请，正式加入商务印书馆。辞职后，盛宣怀照会南洋公学极意挽回，无奈张元济态度坚决。后来，张元济解释这次变动的原因时，说："光绪戊戌政变，余被滴南旋，侨寓沪读，主南洋公学译书院，得识夏君粹方于商务印书馆。继以院费短细，无可展布，即舍去。夏君招余入馆任编译，余与约，吾辈当以扶助教育为己任。"清政府从兴洋务以来，官方曾兴办不少企业、事业，但弊端太多，如腐败、低效、相为掣肘、官气浓重等。办教育、办出版，也是如此。张元济久居官场，早已感悟到其中问题，于是另谋出路，从民间企业着手改变教育面貌。张元济作出的这个决定，对于中国近代出版史有着非比寻常的意义。

1899年，夏瑞芳因联系为公学译书院印书的事结识张元济。当时商务印书馆盲目地请人翻译了一批日文书，可是质量很差，因粗滥导致无人问津。夏瑞芳

商务印书馆

商务印书馆是由夏瑞芳、鲍咸恩在1897年发起开办的一家印刷所，定名为商务印书馆，最初的资本只有3750元，大股东是一位天主教徒沈伯芬先生，夏、鲍及鲍咸昌、高凤池都是股东和参与创办者。起初添置设备、材料，租房子，几乎用掉所有资金。好在有人勤恳协助，生意日见起色，除了承印印件、报纸，还请牧师将英国人编的印度的英文读本翻译为《华英初阶》出版。第二年以低价盘进了一家日本人所开修文书馆，业务逐渐扩展起来，中西文书籍都能承印，在张元济到来之时，出版了《华英字典》等书。

就此求教张元济，并由张主持修改译稿的事宜，但是修改了的稿子还是不能用，夏瑞芳这才认识到非有自己的编译所不可。夏瑞芳先是请张元济推荐一位编译所长，张就推荐蔡元培担任。由于发生《苏报》案，革命党人章炳麟、邹容被捕，蔡因有牵连，不得不前往青岛暂避，1903年，夏瑞芳请求张担任编译所长。

在担任编译所长之前，张元济已决定入股商务印书馆。据高凤池回忆，当张元济愿意投资时，曾共同聚会讨论合资办法，并进行成立有限公司，议定原发起人每股照原数升为7倍，共计资本5万元。张元济到商务印书馆工作后即组织编辑教科书。高凤池认为，商务初期的发展，有两件事是关键，一是接盘修文书馆，一是编教科书。

清末，商务印书馆能从众多书坊、小印书局中脱颖而出，既赖机缘也靠条件。譬如说创办人夏瑞芳的长处是善于识人，善于用人，眼光远大，请到张元济来主持编译所固是一例，对于富有推销能力的人才也是极力聘用，像后来任大东书局经理的吕子泉、任世界书局经理的沈知方均为早期发展商务的人才。创业维艰，夏做总经理，一身兼几个职务，从总经理、校对、式老夫（收帐）、买办、出店（供销）为止，都由一个人做。最初他自己月薪为24元，却肯重金聘请知识文化人。张元济在南洋公学任译书院院长，每月月薪是一百两银子，而夏瑞芳给张开出的是每月350元的薪水，对编辑所的编辑，除月薪外，还供给膳宿，连茶叶、水烟都供给，因而进入商务的知识分子，工作都很努力。众多知识分子也使得人们对商务印书馆的工作环境给予极高的评价。

由于张元济在维新活动中曾办过学堂，略知教育与出版的直接关系，较早就体会到，没有相当的教材、参考书，教学便很困难。他进入商务，也可说就是要找一个现实性的机构，在出版方面做切实的努力，给新式教育和启蒙产主一种推动。显然，在科举尚未取消的时代，这样做，既无先例也未必保证会有良好的文化效益和经济效益。好在这种新学堂新教育的推广趋势在经历了停滞以后又恢复到了戊戌维新时的水平，其标志为1902年8月清政府颁布了鼓励兴学、厘定学制的"学堂章程"。章程虽有了，各种学堂或也设立开办，师资或教材之缺，往往成为问题。商务以学制变更为契机，大举编印教科书，既为雪中送炭，又确立了自己在出版业的优势与地位。

从1902年初，张元济已经开始筹划编写教科书，他先是采用"包办，方法，聘人分任，但没能编成。后又曾约请杜亚泉编童蒙教科书《文学初阶》，聘夏曾佑编《最新中学中国历史教科书》，已先有所绸缪。及菜"学堂章翟"颁定，便率先改为按学期制度编辑教科书，分修身、国文、算术、历史、地理、格致，每种每学期一册，于1903年编成，陆续出版。就小学国文教科书而言，张元济主持的商务版教材，并非最早，但是以往教材不够妥当，影响也很有限。商务版面世后，独步一时。此书既出，其他书局的儿童读本，渐渐失去市场。据蒋维乔（字竹庄，曾任东南大学校长）回忆："当时之参加编辑者张元济、高凤谦、蒋维乔、庄俞等，略似圆桌会议，由任何人

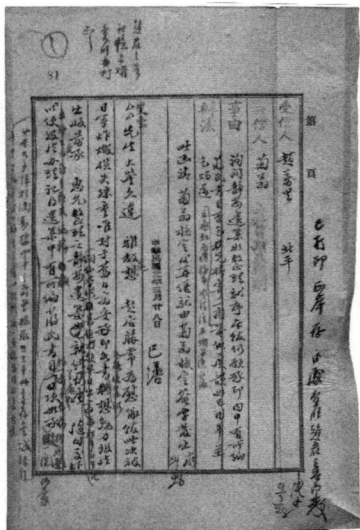

张元济亲笔修改的书信

提出一原则，共认有讨论之价值者，彼此详悉辩论，恒有为一原则讨论至半日或终日方决定者。"这里提到的原则，涉及儿童启蒙的特点，如何由简入繁，由少而多，循序渐进，增加兴味，综合发展等等。

　　张元济主持编印《最新教科书》。自己还亲自编写"修身教科书"和习字帖。此书发行后，又考虑到教师对教学法不熟悉，于是又编印教授法，每出一册课本，即有一册教授法，按照三段教式次序，加入练习、问答、联字造句等，深得教师们欢迎。此一首创，为后来各书局编印教科书所仿效。由《最新教科书》闯开路予，商务编辑教科书的范围遂渐越来越广。到1906年清廷学部第叫次审定初等小学教科书共102种，由

民营书局发行的有85种，其中商务占54种，商务印书馆经营业务的繁荣程度，是其他书局无法比拟的。张元济这次努力的尝试结果，无论是对自己而言，还是对中国现代教育而言，又或是对商务印书馆而言，都是非常有意义的。

1904年，汪康年转告清廷拟请张元济出任外务部职事，张回信拒绝："如今时势，断非我一无知能者所可补救。若复旅进旅退，但图侥幸一官，则非所以自待。"他表示进入商务印书馆后，他的心情踏实，"弟近为商务印书馆编纂小学教科书，颇自谓可尽我国民义务。平心思索，视浮沉郎署，终日做纸上空谈者，不可谓不高出一层也。"至此，可以说，张元济找到了真正属于自己的世界。

1904年，清政府允诺在国内实行改革，并且在这一年，下诏赦免戊戌变法中的罪人。张元济的处分也拿掉了。但张元济反应冷淡，此后，他还曾谢绝了军机大臣的保举，远离政治中心。但是他作为《外交报》的主办者，常常需要对时事有所评论，只不过，他算不上社会改革问题的思想家，也不具备足够的言论力量与影响。但却说明自国门打开以后，有识之士对于国家与民族的命运的关心，张元济对民族与民生的忧患，从未停止。

毕生为文化而奋斗

中国第一出版家张元济

036

与初到上海的几年不同，1904年以后，张元济越来越多的参与社会活动以及对时事的评论。他的出发点是站在民众的立场去维护民众利益。而在清政府统治的最后十年中，由民间产生了保护中国铁路权的运动。尽管张元济对时局持谨慎看法，也因为他持有民众立场，为抵制外人对铁路利权的攫取，转而赞成浙江铁路由民间集资自办。

1905年7月，浙江绅商在沪集议拒绝英美借款，决定集资自造铁路，创设浙江铁路公司，由汤寿潜任总理，张元济任董事会董事，由此而卷入浙江的"保路运动"。到1907年，浙路公司正加紧进行，而英国不肯取消原来借英款的初步协议，迫使清政府妥协，于是张元济等代表浙路公司赴北京请愿、谈判，以拒英款自办为目的。在北京同奕劻、袁世凯等谈了一个月，结果仍未达目的。据当时《申报》载，1908年8月，张元济等代表往谒外务部各堂，磋议路事。袁世凯（时任军机大臣兼外务部尚书）提出所谓"邦交、民心两面兼顾"之"部借部还"方案，"将此款改为邮部承借，别筹顾全商办之法"。代表虽然依然力争自办，无奈苏浙铁路公司电允转目，张元济十分失望，消极参与铁路公司事务。浙江铁路虽以折衷定议，后仍然成为官治公司。

自张元济任职于商务印书馆编译所，至1911年正值张元济的壮年时代。张元济致力于商务印书馆的出版事业，促进商务印书馆的全面发展，贡献显著。据统计，商务自1902年正式出书，书刊出版数量逐年增长，由1902年的15种27册扩充为1910年的182种435册。而商务印书馆还是教科书编制的先驱。张元济默默从事实业救国，主持编译所之初，除了编撰教科书外，还注重于西方文化学术思想的译介，如严复译的《天演论》、《群学肄言》、《群己权界论》、《社会通诠》、《法意》及林纾、伍光建译的小说等书，都在当时读者中产生很大影响。1906年，还在上海澄衷学堂求学的胡适，述说他第一次读《天演论》时"高兴得很"，据胡适说，"几年之中"，《天演论》的思想，"像野火一样，延烧着许多少年人的心和血。'天演'、'物竞'、'淘汰'、'天择'等等术语，都渐渐成了报纸文章的熟语，渐渐成了一班爱国志士的'口头禅'。还有许多人爱用这种名词作自己或儿女的名字"，风气所及，原名胡洪骍的胡适，也从"物竞天择适者生存"中择取了"适"字作自己的表字与笔名。

编纂工具书字典辞书，也是商务的眼光所在。如陆尔奎、高梦旦、方毅等主编的《辞源》，编纂始于1908年，历时八载而成，行销甚广甚久。此外1902年印行了《英华音韵字典集成》，1904年出版了《华英字典》，都是我国最早自编的外语字典。期刊方面，张元济加入商务后曾创刊《外交报》，1903年又创刊《绣像小说》半月刊，1904年创刊《东方杂志》，风行全国，至1910年每期印数15000份，销量是当时全国杂志之首。

这些成绩都反映了张元济及商务印书馆经营方向顺乎时代潮流，服务社会的性质，超出了一般书商的意义。以至于在20世纪初，中国文化转折过程中，起到了不可忽视的作用。不过，在清末十年这一艰难而且不无代价的经营过程中，张元济除了操劳商务馆事，也未尝不分心于社会事务。由于他的学识、出身和一定名望，无形中处于清末东南士绅的一定圈子之中，成为代表性的人物。加上张元济拥有进取心而又淡泊名利的性格，便与晚清社会变动潮流有着一定的关系。

1905年底，由于日俄战争日本战胜，要求效法日本实行宪政改革的呼声日益高涨，清政府一方面派大臣出洋考察宪政，另一方面设立了管理教育行政的新衙门——学部。总理各国事务衙门已改为外务部，后又设立邮传部，均为涉及新政的部门。1906年初，张元济被学部奏调开复原官，调往北京任职。他有些犹豫，仍然对做官没有兴趣，并且对政府改革的态度并不乐观。在矛盾的心情中，张元济北上任职，此时已是他被革职出京后的第八个年头。

入京后，张元济初在学部参事厅任职。学部尚书为旗人荣庆，待郎是原贵州学政后创办南开大学的教育家严修。在此期间，张元济为教育行政的规划共规定条例十二则，补缺拾遗，尽其心智。但似无大作为。不久又因外务部开办储才馆（为储备外交人才而设），被派充提调。是时外务部总管大臣为奕劻，待郎为唐绍仪。奕劻人极贪黩。瞿氏尚较正派，后终在同袁世凯的政争中下台。唐则为早期留美学童，后做过民国的首任总理，系一政客。张元济也为储才馆设立作了

规划，却因与上级唐绍仪意见不合，不久即请假南归。年底回京，又于转年初再次请假，最终辞差。

1908年7至9月，张元济赴日本作观光考察，中间写信给商务印书馆同仁高梦旦等，谈到立宪之事，他说，读报"知开设国会期限已定九年，议院法及选举法已宣布，皇上并于今日誓庙。在海外闻此消息，不觉欣喜，但不知其言果可恃否。报中又有钦定宪法字样，此事恐为将来祸根。然能力祸与否，究视吾民之如何自待。平心而论，九年之说诚不为迟，但求上下一心，实力准备，庶免为各国所嘲笑耳。国内舆论著何？鄙见此时国民不必再与政府抗争，姑且反求诸己，将应办之事一一举行。二三年后稍有端绪，著得机会再行争辩未为失时。未知诸公以为何如。预备立宪公会，现在定何方针？鄙见不宜随声附和，宜时时从高一层落想，以为国民之向导。此意乞梦翁为苏盒言之。政法书籍亟宜着手编译，为公为私均不可缓。时事新报载上谕胪列应办各事，可否即就所举各事选定编译，次第先行试办。鄙意尤重在先编浅近诸书，层层解说，如何为汉院，何为选举，每类一册（如条目过繁者即分数册），排列次第……文字宜稍优美丽解释务宜明晰。理想切戒过高"。这封信表明张元济略显保守，因而从编印政法书籍、出版《法政杂志》等方面去尽一些力量。

1910年2月，张元济进行环球游历，主要目的是调查欧美初等教育及贫民教育事宜，并考察各国出版文化事业。他曾会晤康有为，然后经苏伊士运河、地中海、大西洋至伦敦。在英国，他曾写信叙及对英国立宪制及教育的感想："英行强迫教育仅二十余年，元济专考其初级教育之事，乃知仅言兴学，学固不能兴也，财政、警察、交通，无一事不相联者。未知何日吾国始能几及，为之浩叹。"在比利时，张元济7次参观世界博览会，见"吾国会场凡五槛，居会地边隅，与法属越南及南非洲某部相比……出品皆粗陋下等之物，零乱琐杂，无可动目……以视日本区区数商人之出品，殆不能比其什一"，不由得大为感慨。在德国，张也有一番观感："在柏林约看学堂有三十处，实非他国所及，凡剃头、扫街、送信、卖肉之徒，均有特别补习学堂，就其所业而教之。""柏林一区（在柏林市中心）学生有三万三千人，岁费一兆马克，能毋令人惊

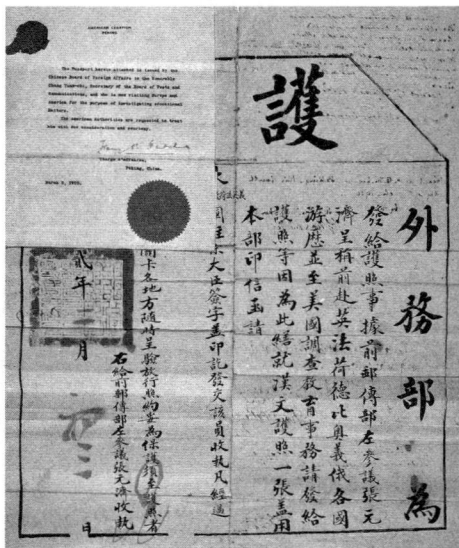

张元济于清宣统二年奉命赴英、法、荷、德、比、奥、义、俄等九国游历并至美调查教育事务所持护照。

讶！至盲哑学堂之外，又有顽钝学堂、残废学堂，城市学堂之外又有山上学堂、林中学堂，真有观止之叹！"欧洲的湖光山色，城市文明以及意大利、法国的古迹、博物馆、图书馆，都给张元济以深刻的印象。渡过大西洋，又穿越美国，了解先进的书刊印刷技术工艺，考察这个国家的初等教育制度，后取道日本，与在那里的梁启超会晤，并与赴日考察的同事高梦旦会齐，一道返回上海。此次环游，时近一年。张元济此行获得大量有关教育制度的资料，脑中产

生了回国后将推动教育改革的强烈愿望，譬如将建议至少在初等学校实行强迫教育制度，即义务教育制度。这种念头，促使张元济在1911年辛亥革命前夕放弃了与当局共事的想法，积极投入清末的教育改革活动。

商务馆与出版家

1912年，张元济对于辛亥革命怀有隐忧。而此时民国已经成立，作为一个出版家，不能不适应现实。现存的张元济日记中记录了1912年5月22日到年底的事情，其内容大多为编译所的琐细事务，诸如稿本的选择，购金多少，印行一本书的成本估算，用纸多少。张元济对于出版事务，往往专心细致。所以章锡琛说他"没有丝毫官僚习气，他在编译所中，每天总是早到迟走，躬亲细务，平时写张条子，都用裁下的废纸，一个信封也常常反复使用到三四次以上"。张元济的敬业精神可见一斑。其对商务印书馆的成功管理也可见一斑。

商务印书馆在清末十年间有了长足的发展，奠定了其在出版业的牢固地位。而民国的到来，又使得情况有所变化。经理夏瑞芳因股票投机蚀空大笔资金，

依靠张元济等人的救持才渡过危机。行业内的竞争加剧也带来了不小的危机。

以教科书出版为例，原来最先出版教科书的是文明书局，商务所编后来居上。特别是，"商务印书馆自丁未宝山路新厂落成，对于印刷努力进行，铅印、石印、雕刻等均独步一时。文明书局因资本小，逐渐退步。集成图书公司、中国图书公司复失败，各小书局之印刷机械，不如商务一家之精且多。"此话出自中华书局创始人之口。但是民国成立，原来商务所编教科书的内容已不合时宜。这时，中华书局的创办迎合了民国政府的口味，这不仅是对商务印书馆图书市场的沉重打击，也造成了中华书局与商务印书馆分庭抗礼的局面。书业的市场竞争，对于商务印书馆未尝不是好事。总的看，20世纪初期，正是中国社会的蜕变期，也是经济统制相对松弛，民族工商业由胚胎而渐为生长的时期，正是机遇和挑战并存。商务的核心人物夏瑞芳、张元济、鲍咸昌等都曾赴国外考察，技术骨干如鲍庆林、郁厚培等曾在外留学。因此商务较少因循保守的习气。在资金、管理、组织结构、印刷技术和发行系统上急追现代化潮流。

尽管竞争使商务馆的教科书市场有所缩小，但却使商务馆确保其在其他方面的优势。出版的书籍，据统计，在1911至1920年期间猛增至2657种7087册，其中如字典工具书、地图、数学参考书、翻译文史哲著作、古籍、杂志，其影响力和效益之优，国内仍首推商务。据书业营业额的粗略统计，民国初年约一千万元，商务印书馆占有十分之三至四，中华书局占十分之一至二。此外，商务在张元济主持下，加大对社会文化公益事业的投入，已不仅限于生意范围。

中华书局咄咄逼人的竞争，还促使商务馆对自身的资本股份进行调整，因为中华书局的竞争手段之一，即是就商务的日本方面股份做文章。它多次在报纸上做广告，呼吁人们注意"中国人应使用中国人的教科书"，以及商务馆在资金和教科书方面同日本人合作的

毕生为文化而奋斗

——中国第一出版家张元济

事实。这自然使商务馆处境尴尬。考虑到当时国内民族情绪和反帝情绪的高涨，商务馆必须认真应付这一问题。

1913年，商务的资本已由早期日商金港堂加入时的20万元增加到150万元。早期中日双方股份额为一比一，到1905年数次增资扩股，逐渐规定供"京外官场与学务有关可以帮助本馆推广生意者，和本馆办事之人格外出力者"认购，这样，中方股份额的比例便增大了。此时便由夏瑞芳亲自赴日谈判，争取收回日股。经过一段时间的谈判协商，日本股东同意退出，在1914年1月签订退股协议，升值百分之三十三，作为账面资产估值低于实际的补贴，至此，商务印书馆成为"完全华商"。

然而1914年初，商务馆连遭不测。先是张元济，他为收购古籍，在寓所大门上挂出"收买旧书"的招牌。一日，有人上门留书一包，张元济因忙于出门未及时打开。后书估又来将书包取回，此人回去后炸弹突然爆炸，当场殒命。不几天后，傍晚时分，张元济与夏瑞芳忙完公事，自棋盘街商务发行所下楼，准备回家。张有事重回楼上，夏瑞芳行将登车，一刺客向夏开枪，夏当即倒地，送医院后不治去世。那时暗杀事件经常发生，夏瑞芳的去世，对商务是一大损失，从而也使张元济的工作更多地转向商务的管理方面，成为总揽商务全局的关键人物。夏瑞芳去世后，印有模任总经理，时间不长就病故了，从1916年4月起，由高凤池任总经理，张元济改任负责实际工作的经理一职，编译所长便交给高梦旦。

从民国初年开始，在张元济主持下，商务印书馆即着手较系统地出版善本古籍。这在商务历史上算一个显著变化，因为原先商务馆的主业是在教科书与工具书等方面，而且一般新式出版业部还未及插手古籍出版，这也意味在学术文化的领域，既重视西学、新学，又不忽略中学、旧学，把中国固有的历史文化典籍的保存与传播作为一项长期性的任务，张元济所起的作用是很关键的。若无张元济以他的力量作实际的倡导，很难想象，在20世纪上半叶中国社会动荡不安和新文化运动的冲击下，古典文献的保存、整理、出版会取得令人瞩目的成绩。

由蔡元培介绍而收得徐友兰熔经铸史斋藏书，时间约在1909年商务馆建立涵芬楼图书馆之前，而张元济收书至少始自1903年。他主要收书不为个人，这也是同以往藏书家不同之处。尽管如此，由于他尽力搜罗散出各家藏书，也渐渐以藏书家和版本学家著称。张元济曾说："吾辈生当斯世，他事无可为，惟保存吾

国数千年之文明，不至因时势而失坠。此为应尽之责。能使古书流传一部，即于保存上多一分效力。吾辈炳烛余光，能有几时，不能不努力为之也。"

这一方面是性情，即爱书藏书传播书，成了生活的内容与趣味；另一方面又是责任，认定保存书即是避免划灭文明，是文化托命与他的所在。这二者，使张元济成为著名的藏书家与现代图书馆事业的开拓者。所以他曾说："余喜蓄书，尤嗜宋刻。因重其去古未远，爱其制作之精善，每一展玩，心旷神怡。余尝言一国艺事之进退，与其政治之隆污。民心之仁暴有息息相通之理。况在书籍，为国民智识之所寄托，为古人千百年之所留贻，抱残守缺，责在吾辈。"

张元济的收书之愿、积书之志，在清末数年间渐次忖诸实行。到1909年因已有绍兴徐氏熔经铸史斋50余橱书人藏，遂建立商务自己的善本书室——涵芬楼，后于1926年发展为全国规模最大的私立公共图书馆——东方图书馆。自有涵芬楼成立，张元济保存善本旧籍的事业心日笃，除委托孙毓修管理图书馆事务，还躬自访书于京沪晋鲁诸地书肆。涵芬楼藏古籍的版本和学术价值，对于历史文化的了解和研究，是极为宝贵的。版本目录学者赵万皇曾追述："涵芬楼要算当时江南唯一的大藏书库，方面之广，质量之多，无论宋元旧椠、明清旧钞，足足塞满了二三十个大木柜子。虽然其中名贵的，已经盛了几十个大衣箱运到租界里金城银行年库避风火去了，剩下的一部分，据我看来，还是值得羡慕。"他在张元济招待下参观了两天，记录若干有关明季史料的书目。他又说："除极少数外，无一非绝无仅有的秘复，……除了史部各书，最引人注意者，尚有类书类，明人吴统所编蓝格抄本《三才广记》一书，共存四百九十六卷，八十三册，原书卷数达一千一百八十四卷，卷数比《太平御览》还多。在涵芬楼只有三分之一，现在天一阁者，尚有百册左右，合起来虽不完全，实已过全书之半。自从一九三二年一月二十八日，经过日本飞机队巡礼以后，一律化为灰烬。除了我日记簿上一些痕迹以外，什么都看不见了。"如其所述，涵芬楼同东方图书馆一道可悲地毁于1932年的淞沪会战，这是张元济一生最为不幸的一件事。

张元济爱书，往往同其爱家爱乡的感情相联系。他的祖上原有"涉园藏书"，九世祖张惟赤、六世祖张宗松皆曾以藏书之富名于时，在清道光后家道中落。书板沦佚。张元济中年之后努力收回先人旧藏，恢复"涉园"，日积月累，竟也逐渐收回了52部之多，包括辗转落入于右任手中再售出的荀子、庄子两部宋刊本。此外他还搜罗家乡海盐及嘉兴府地方文献不少，后全部捐入合众图书馆，该馆曾编有《海盐张氏涉园藏书目录》。

张元济藏书爱书，既为商务经营涵芬楼，又有自己的"涉园"，但公私之分，他始终不曾混淆。这可举一部《宋诗钞初集》为例说明他的态度：当初他为涵芬楼购入第一批徐氏熔经铸史斋藏书时，便已发现其中有这部曾经涉园先祖旧藏的书在内，上面还有他六世祖不少的手泽，张元济当然极渴望收回，但因其书属商务公有而罢，事隔多年之后，他偶然在书肆中又发现一部同样的书，而且还是自前一部抄录的，当即买下，并向商务同人商换其先祖旧藏，这件事始于公私分明而且情理兼顾，成为书林的善缘佳话。

张元济为商务馆收集古籍的目的，主要是在于为编书作参考，为系统地出版、流通古籍作准备。藏书是为了刻书。张元济创议出版古籍，对商务印书馆来说，既可以发挥其印刷技术的优势，又可以获得直接的经济效益。张元济发起出版古籍，是从选印《涵芬楼秘发》开始的。由于既要购集善本古籍又要鉴别审定和计划刊行，以后每年出版两集，至1921年4月出版了第10集，共收书51种，印成80册。这是商务馆古籍保存的较大工程。

为出版《四部丛刊》，张元济也付出了大量精力。他为此必须亲自动手选择版本，为了确定和比较每一版本的优点和可靠性，不得不仔细阅读细节、注意前后序跋、研究避讳（这是确定书籍年代的最好方法），注意刻工姓名、卷峡编次版式、纸墨质量和字迹、刀法，都属于极细致的准备，亟需严谨朴实。在照相排版和修整照片以及校对的紧张工作过程中，张元济同样担负起主要负责，做最后的把关。这也可见其作风勤谨之一斑。自有《四部丛刊》，中国出版业逐渐推行了影印的办法。此创举之外，张元济还提倡印古书使用国产纸。"《四部丛刊》初编用纸分手工连史纸和手工毛边纸两种，筹印时估计到上海市上供应不足，曾

先后几次派人到福建
光泽县的司前和江西
铅山县的陈坊地区坐
庄采办。当时销路困
难的内地手工造纸业
借此获得转机，纸价
随之上涨。馆内曾有
人说：'《三都赋》
成，洛阳纸贵；《四
部丛刊》出版，闽赣

纸价飞涨。'前人储藏线装书，常利用书根缮写书名册
次以便查阅，《四部丛刊》初编发行时，可以代印书
根，也算是近代印刷技术上的一个新发明。初编开始
预约时，张先生每天必到定书柜询问当天销数，从不
间断。对于包装，邮寄也随时检查，极为细致认真。"

　　从民国初年到 20 年代，由于张元济的推动和组
织，商务印书馆在出版古籍上颇为用力。《四部丛刊》
之后又陆续辑印《续古逸丛书》、《续藏经》、《道藏》、
《学海类编》、《学津讨源》等大型丛书，直到已有"五
四"新文化运动的激荡，思想文化革命方兴，给予传
统文化不小的冲击时代，此一看来是"维护国粹"的
工作仍然保有持续的势头。

1907 年 40 岁时摄影

整 理 古 籍

　　1916年到1920年间，由于任经理职，张元济一直忙于出版管理、经营等事务性工作以及古籍的收集和印行，几乎是心无旁骛。当然，商务的方针也反映着他的指导思想，有稳健的一面，也有开明的一面，这应该说是一贯的风格。而问题在于张元济所联系的思想文化界，包括人与主张，正处于一个嬗变期，究竟该墨守常规，还是与时俱进？无论从商务馆的传统而言还是就张元济的性格而言，他们都不会有积极大胆突破规范的意识与举措，不会在其出版物上出现言论的"黑马"。

　　张元济从来都不是革命派或激进派，但也从来都说不上守旧。从戊戌变法到民国初年，张元济尽管不是走在时代大潮的浪尖，但是他仍然希望通过维新的途径使国家人民臻于进步、富强的努力，未尝放弃。就此而言，这种思想倾向与革命派的差距，也许在于一个是低调的，一个是高调的，一个偏重于点滴的改良，一个则乞灵于借政治革命和思想文化斗争来解决问题。当然，在民国初年的历史情境中，现实对革命的要求，往往看来更迫切，因而新文化运动的兴起，

——毕生为文化而奋斗
——中国第一出版家张元济

商务印书馆静安寺支店门面

正如它作为反帝爱国运动而得到广泛支持一样，也是必然。

1918年6月，张元济为解决京馆购地、津馆营业及借印《道藏》等事离沪北上，这是他1911年之后时隔7年第一次北京之行。在北京的活动主要为仿书购书、会友拜客。张元济见了不少老朋友与社会名流，他们中间有蔡元培、王宠惠、孙宝琦、熊希龄、汪大燮、汤尔和、章士钊、严复、林纾、伍光建、傅增湘、夏曾佑、马叙伦、李石曾、胡适、陈独秀、沈尹默、沈钧儒等。张元济此行的目的是在改进商务出版方面。与此有关，值得注意的是，与北京大学诸君进行了积极接触。其时谈了改订商务教科书事，请同座诸人帮助改订，还谈了编写通俗教育书籍事，表示商务愿意出版。张元济后又参加了一次为《北京大学丛书》的编译举行的茶话会，商量具体出版事宜。不久后，《北京大学丛书》及《尚志学会丛书》均由商务印行了。郑振铎曾在《一九一九年的中国出版界》一文中说："我统计这一年间出版的书籍，最多的是定期刊物，其次就是黑幕及各种奇书小说，最少的却是哲学、科学的书，除了北京大学丛书和尚志学会出版的丛书外，简直没有别的有价值的书了……"

张元济一方面他听取一些新派人物如陈独秀、胡适、钱玄同的意见，另一方面又保持同严复、林野，以及孙宝琦、董康、王克敏、傅增湘、章士钊、林长民等人的联系，这些人有不少是在北洋军阀统治时期做过大官的，算是比较守旧的罢，甚至像章鸿铭这样著名的守旧派，由于他的学问，张元济仍打算出版他的文集，如此这般，自然不妨称为"雅量"，实际上，更近于一种开放社会应取的文化态度，正是现代中国历史演进中比较缺乏的。

张元济的此行历时两个月（中间曾因商务印书馆发行所长李拔可病重而返沪，一周后复又北上）。此行既主要"注意旧书"（即古籍的搜集和出版事宜），也开辟了出版新书的渠道，如《北京大学丛书》的推出。

并且，张元济接受了沈尹默关于教科书应改用白话文的意见，商务于1919年开始出版《新体国语教科书》，这是国内第一个采用白话文体的教科书。此后，教育部通令全国学校教科书改用国语，商务又编印新法教科书一套，还出版了最早的国音字典，国音学生字汇，推广拼音字母。商务显然并未因循守旧。1920年还开始出版《世界丛书》，属于较早的普通丛书，此丛书以译印欧美日本各学科著作为内容，由蔡元培、胡适、蒋梦麟、陶孟和主编。此外，拟展开电影摄制的活动影戏部、我国第一部汉字打字机、机器雕刻字模，也都首先诞生于商务馆。

1919年5月4日，反帝爱国运动爆发，张元济显然不能置身世外，他对五四运动的看法记载于他的日记中。5月9日，记载了这天公司停业，"表抵抗日本，及对于北京学生敬爱之意"。5月13日他函告出版部，查杂志如有日本广告，应停止。6月5日至6月12日，上海罢市，商务停工，由于造成经济损失，馆方有人主张要求复工，张元济则主张灵活对待。他还提出向学生捐款，在发行所门口略备茶点招待学生。

在这种情况下，张元济主持的商务印书馆开始改弦更张，另整旗鼓。首先是《东方杂志》调整。据记载，五四运动爆发20天后，张元济便与高梦旦、陶惺存商量，《东方杂志》最好由陶来接手，撤换原主编杜亚泉。人事变动的原因即在于要改变《东方杂志》比较保守的面貌。《东方杂志》换了主编，接着《教育杂志》、《学生杂志》、《妇女杂志》也面临形象更新的问题，因为这几个杂志也受到新潮思想的人抨击。于是《教育杂志》改由李石岑编辑，实际由周予同负责，《学生杂志》的编辑换了杨贤江，《妇女杂志》则由章锡琛来办。商务的《小说月报》，也是广有影响的文学月刊，1910年创刊，最初的主编许指严为旧派文人，1912年主编改由恽铁樵担任。恽擅长翻译，曾与徐凤石合译过容闳的《西学东渐记》，也翻译小说，文笔宗仿林纾。他编《小说月报》时颇有眼光；鲁迅、张恨水最早的文言小说均被恽的慧眼所识而发表。茅盾曾回忆说："后来我才知道，张菊生（张元济）和高梦旦十一月初旬到过北京，就和郑振铎他们见过面，郑要求商务出版一个文学杂志，而由他们主编（如《学艺杂志》），张、高不愿出版新杂志，但表示可以改组《小说月报》，于是郑等就转而主张先成立一个文学会，然后再办刊物。张、高回上海后即选定我改组《小说月报》。"《小说月报》革新版面，显然得到张元济的默默支持，不久，印数持续增长，也从另一方面肯定了革新是必要的。

057

毕生为文化而奋斗

——中国第一出版家张元济

从 1919 到 1920 年，张元济在经理任上最后两年，一方面经营管理事务皆需亲自处置，又与总经理高凤池意见往往分歧，不能合作愉快，以至终于引发辞职；另一方面，外界的干扰较多。另外，1920 年初又发生孙中山抨击商务印书馆之事。事情是由商务馆退回《孙文学说》一书不印而引起。孙中山据说十分气愤，发表一公开信："我国印刷机关，惟商务印书馆号称宏大，而其在营业上有垄断性质，固无论矣，且为保皇党之余孽所把持。故其所出一切书籍，均带有保皇党气味，而又陈腐不堪读。不特此也，又且压抑新出版物，凡属吾党印刷之件，及外界与新思想有关之著作，彼皆拒不代印。"这可能是一时偏激之词，张元济曾解释说："当时不肯承印，实因官吏专制太甚，商人不敢与抗，并非反对孙君。"所言应

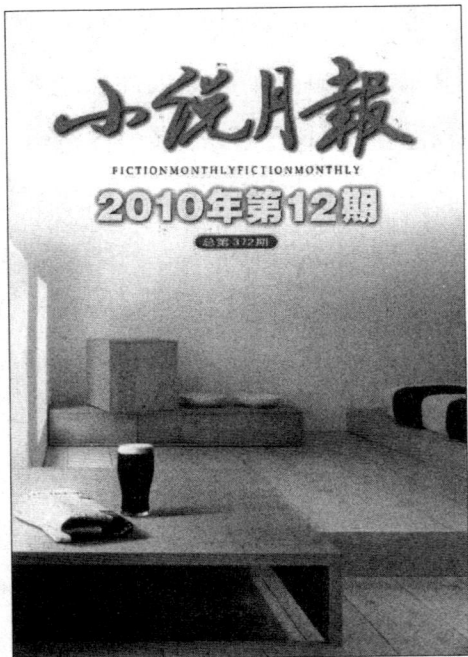

该是实情，商务固然在政治上十分谨慎，却不会与孙中山先生特别对立，否则1916年初商务就不会向孙中山领导的运动捐助5000元了。当然，不能否认，出于谨慎，商务馆的出版物往往缺乏锋芒，所谓"大有大的难处"。后来，《孙文学说》以及《独秀文存》、《胡适文存》都由一家后起的小出版社——亚东图书馆出版。

张元济与一般人不同的地方，也在于他既有执著的一面，又有超脱的一面。他意识到自己的有限，包括精力的有限与思想资源的有限，这样便不仅淡于名利，而且不把职位权力看得太重，以至成为人生的缰锁。显然，"五四"以后，新思想的演变正在成为潮流，他尽量去跟上潮流，但他的"跟潮流"，不仅体现在商务的改革，更能反映他的真知的，则是他明智的选择，即"退"的境界。

1920年春，时年55岁的张元济，宣布辞职引退，而且没有商量的余地。在答复孙壮、孙伟的信中，他谈到辞职的根本动机："吾辈在公司几二十年，且年逾五旬，体力均非健硕，岂能永久任此繁剧。亟宜预备替人，培植新进，以谋公司可久可大之计。……使弟果为一己什，则公司目前尚称顺境，尽可遇事敷衍，优游率岁。然吾辈一存此心，公司败坏之根即种于此。

且吾辈脑力陈旧，不能与世界潮流相应，若不引避贤
路，恐非独于公司无益，而且于公司有损。弟实不忍
公司陷于困境，而志不得行，故毅然辞职，以为先去
为望之计。"过去明代人徐树丕《识小录》讲过一种
"老计"，他说："五十之年，心怠力疲，俯仰世间，志
术用尽，西山之日渐逼，过隙之驹不留，当随缘任运，
息念休心，善刀而藏，如蚕作茧，其名曰老计。"这么
说，是达观，也不免太消极。但从张元济的"老计"
来看，却含有他对时代进步的自觉认识，正是一个承
上启下的历史前行者的情怀。在这儿，他与许多常常
自诩领先于时代或指弹别人落后于时代的人，有着很
大的不同。

1920年5月，张元济辞掉经理职务，改任商务监
理。这番变动的主因在于张与总经理高凤池的矛盾难
以弥合，工作常觉掣肘。张欲自家引退，而商务又难
以接受。于是采纳了折衷的办法，同意二人皆辞，皆
改任监理，由鲍咸昌任总经理，李拔可、玉显华任经
理。监理不担负具体管理事务，但对公司事务有监察
或指导之责。

1922年1月，高梦旦辞职。王云五进入商务馆，
之后，王云五调整编译所机构，进用新人，出版规划
上开始着重教科书外的一般图书和各种丛书，而古籍

原商务印书馆总经理王云五

出版仍由张元济主持。王云五不乏精明头脑，却并非渊博学者，这大概是影响到商务印书馆经营面貌与企业文化风格的一个变化。另外，在为学、经商、从政几个方面，王云五毕竟有较强的从政意识，而作为商务印书馆的首脑以及在文化界的影响，又可以为以社会名流身份进入政界做铺垫，这也是王与张、高的一大不同。

在王云五的主持下，20年代的商务馆开创了大规模出版"文库式小丛书"的特色。如1923年出版《百科小丛书》，1925年出版《国学小丛书》，又陆续编印《新时代曳地丛书》、《农业小丛书》、《工业小丛书》、《商业小丛书》、《师范小丛书》、《算学小丛书》、《医学小丛书》、《体育小丛书》等，每种丛书计含百本单册，单册字数2万，是便于快出书而又成本低的普及性读物，尤其适宜于地方中小学添置，类似于小型的图书馆。这种丛书经逐渐扩充，也为

毕生为文化而奋斗
——中国第一出版家张元济

后来出版《万有文库》准备了条件，为编印《大学丛书》、《小学生文库》、《中学生文库》、《国学基本丛书》、《中国文化史丛书》积累了经验。应该说，"文库"的创意，并非来自王云五，而是由张元济、高梦旦最先筹划的。

在此期间，张元济为出版古籍投入的精力更多了。作为旧式学者，且珍爱旧籍，殚于旧籍之日渐放失，张元济浸淫其间，矢志承前启后，一在保存，二在传播，而此事做来极难，一须有心，二须有财，三须有术，后两条惟个人极难周旋，依靠商务的财力和机构，庶儿可渐次展开。由张元济操持，商务已出版《涵芬楼秘笈》、《续古逸丛书》及大型的《四部丛刊》。

1922年以后，按张元济的拟想，还要续出《四部丛刊》的续编、三编，要准备编印《百衲本计四史》，都是大工程。欲着手，首要为版本的搜选，所以张元济同许多藏书家，如博增湘、刘承幹、叶恭绰等保持经常的联系，或为收购，或为借钞，得网罗善本不少。例如1926年1月，傅增湘致函，告以徐坊（午生）藏书将散，有宋版书多种，询商务愿购否，张元济复云"极为想望"，但当时正在考虑收购蒋汝藻的"密韵楼"藏书，再无余力，故张元济还建议"联合同志数人集

资若干，为一买书会"，当时最担心的就是善本流往海外，购书所需资金不菲，往往是一大难处，就因为购

蒋 汝 藻

　　蒋汝藻，字孟苹，是清末民初上海大藏书家之一，他继承先祖之"传书堂"旧藏，又以己之搜集窝之，家中颇得宋刻元刊，其中尤惊目者为宋代周密的《草窗韵语》六卷，故命名己之书斋为"密韵楼"。蒋氏藏书中较名贵的还有《永乐大典》明抄本四册和范氏"天一阁"、陈氏"听诗斋"旧藏，却是流散在外，被蒋氏购集的，蒋曾请著名学者王国维以数年之功撰写藏书志。但到1925年时，因事业亏折，将书典押于浙江兴业恨行以偿债，后因无力赎回而出售。张元济提议斥资购入，理由是，"鄙意久思再出《四部丛刊》续编，留心访求，已有数年，无如好书极不易得。如能将蒋书收入，则《四部丛刊》续编基础已立，再向外补凑若干，便可印行。"

毕生为文化而奋斗
——中国第一出版家张元济

进"密韵楼"藏书，张元济还遭到攻击。

虽然出版古籍有许多困难，张元济锲而不舍地进行，创造了不俗的成绩。20年代，在不安定的社会环境中，以一民营出版企业的力量作保存文化遗产的努力，不能不说有着特别的执著。与此同时，涵芬楼渐积为海内大藏书楼之一，张元济也成为版本和校理群书方面的专家。他的工作性格，简单说即是严谨、认真，还有耐心、恒心来保障做事尽可能去追求理想。譬如《四部丛刊》与《永乐大典》、《古今图书集成》、《四库全书》同被认为是明代以后600年来纂辑文献的四大书。除了规模庞大之外，《四部丛刊》也凝聚了张元济在辨析版本、校勘异同、考证真伪上的功夫，许多书后都附有他的跋文或校勘记，著在编印过程中发现某书有更好的版本，则予增补或调换，甚至不惜重新制版。古籍出版的价值，尤在于徵信徵实，从而为文化、学术研究提供较可靠的历史信息；惟其如此，既重善本，且重校勘。但若无善本，校勘则颇不易见功。所以张元济极重视访书、藏书，却又与阔人玩古董，一般藏书家秘赏自珍不同，大抵风雅韵致不足而孜孜不倦有余。纵使收书、校书、印书三者俱多不易，却兀兀经年，不稍懈怠。1983年北京商务印书馆出版了一册经整理后的《张元济傅增湘论书尺牍》，计收从

1912年到1947年间张傅两人往来书札622通，内容以搜集、讨论古籍版本为主，表明在民国初年，张元济在这方面花费了巨大的心思。

1918年9月他听说明刊本《吴兴艺文志补》已为美国人施永高购得，将携回美国，便致函刘承幹，担心此罕见之本将不可复见，提出代为照相，以利日后石印。又听说《永乐大典》三册宝熙将售与日本人田中，"闻之不胜懊丧"，致函傅增湘，望傅"能仗大力挽回"，"万一不能"，"务乞代恳瑞臣同年允我借影一分，俾不至绝迹于中上"。可见，在这样的背景下，张元济为商务馆购集、借校、出版古籍，实有一般人不甚了解的苦心。

南洋公学特班章程 1901年由第二任校长张元济拟定

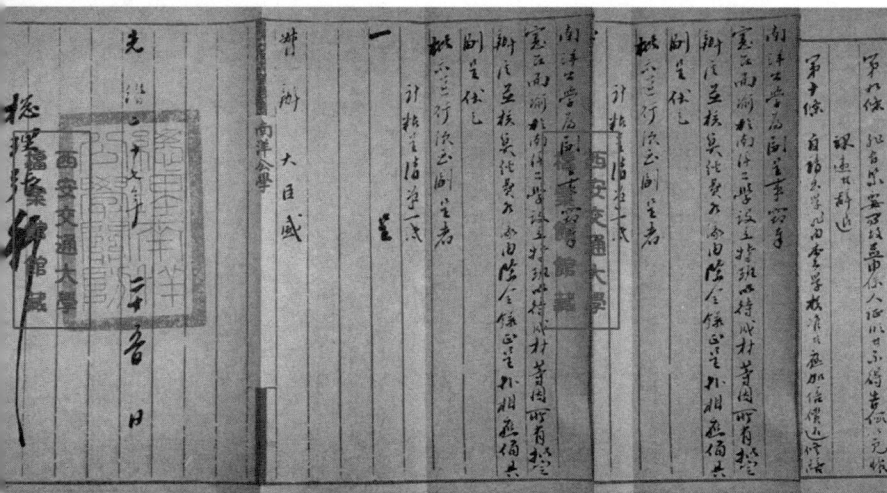

毕生为文化而奋斗
——中国第一出版家张元济

傅 增 湘

　　傅增湘，字沅叔，晚号藏园居士，为清末翰林，曾热心兴办女子教育。民国后，傅增湘热衷于古籍搜罗，因藏有两部珍贵的《资治通鉴》（一为元刊本，一为得于端方"匋斋"旧藏的百衲本），将藏书处命名为"双鉴楼"。傅氏对古书颇有识鉴，精于版本、目录、校勘之学，多年专心于此道，故自己收书颇多名贵善本，且琳琅经眼，对古籍沉浮情况了若指掌。故王

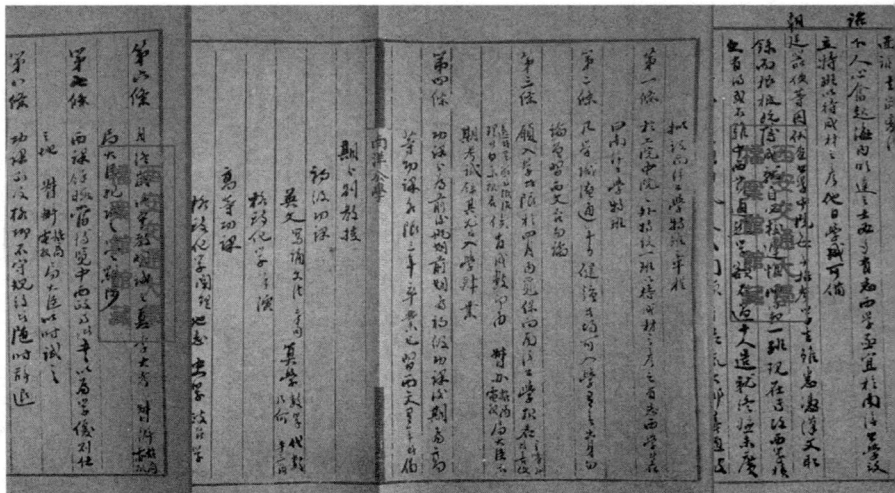

国维叹唱："此间无书，有则必为沅叔所得，虽书肆不能与之争。" 傅氏是民国后校勘古书最多的人，平生所校书在千部以上，其孜孜不倦，譬如民国二年，他由天津赴京师图书馆校书，住馆一百零六天，校书三百口十二卷，因该馆停闭才告一段落，可谓一痴。正因为如此，张为涵芬楼采书，为出版《四部丛刊》等书在选目、校勘方面，借助于傅增湘的地方是很多的。二人往往商榷往江晨昏不倦，一旦聚首，几无日不相过从。除了购书事宜，张元济在出版《四部丛刊》、《续古逸丛书》、《道藏》、《道藏举要》、《学津讨源》、《学海类编》、《百衲本廿四史》及印行《百衲本资治通鉴》过程中，得傅氏襄助举措甚多，不能尽言。为搜罗善本付诸校勘或影印，刘承幹慨然允助，以至张元济写信给刘说："承示嘉业堂藏书与涵芬楼，彼此可订一特约，互相借钞，极所欣愿。"

毕生为文化而奋斗
——中国第一出版家张元济

张元济不是书商，也不是一般的出版者，因为他接受的教育与多年积累的影响，他总是以文化事业为宗旨。有人曾评介其进入商务馆后所做了三件大事，一为编辑教科书，一为重视汉译科技和社会科学名著，一是创办东方图书馆和涵芬楼。这三件，尤其是最后一件，尤为显示其开一代风气。张元济自说："睹乔木而思故家，考文献而爱旧邦。知新温故二者并重。自咸同以来，神州几经多故，旧籍日就沦亡。盖求书之难，国学之微，未有甚于此时者也。"正因为如此，涵芬楼与东方图书馆是一种文化寄托的所在。

商务馆原有涵芬楼作为古籍版本库，1921年2月，张元济退居监理后，在董事会上建议，将公益基金专办一公共图书馆，经议决通过，此为东方图书馆之发韧。1922年1月，总务处报告，设立公用图书馆委员会，张元济、高梦旦、王云五为委员，先在公益费中提出四万元，作开办经费，两年内公司每年拨八千元充常年经费。至1924年7月，图书馆办事章程订立，筹备工作渐次进行，同年，在宝山路公司的对面建筑四层大楼，下面为同人俱乐部，上面为东方图书馆。

1926年5月2日，东方图书馆正式开幕，并对外开放。东方图书馆虽为商务的附设部门，它（包括原有的涵芬楼）的建立与对外开放，反映了张元济一贯以文教服务社会的愿望。胡道静先生忆及这所上海历史上最大的图书馆时说过，从我读中学的高年级到大学毕业的那些年代中，它一向是我亲密的"图书之家"。1926年5月，它开始对外开放。从那时，我就是它的阅览者了。进"东图"看书，要纳两个铜板的入门费，连同来回的车资，大约用掉一毛钱，可是对于我这个矮矮个子的学生想来，世界上再也没有比这个更合算的事情了，因为每次都能读到不少想读而不能或无力备有的书，笔记本上总是密密麻麻的，"满载而归"。

东方图书馆只是张元济为兴办文化事业所作出努力的一部分结果。他还在商务馆范围内，开办艺徒学校，商业补习学校，工人夜校，办同人俱乐部，设立扶助同人子女教育基金，办图书馆讲习所，将活动影戏部改组为国光影片公司，摄制电影，将铁工制造部改组为华东机器制造厂等。在社会上兴办了上海国语师范学校，为上海失业工人捐款等。张元济还列名于古物研究社发起人，捐款支持丁文江等人组织考古发掘。尚须一提，张元济还在1923年设计了目的在减轻排字工人劳动强度的新式排字架。这种新式排字架为宝塔形，用16个分级的转盘组成，结构使用钢材，不似旧式术结构支架那样笨重，每层转盘可旋转自如，

工人可坐于一种专门设什的转椅上，排字时可以不必再终日站立，屈伸俯仰了。张元济还为此写了《拟制新式排字机议》的说明。

1926年，年届60的张元济已经为商务馆工作了25年。在这些年里，中国始终处于军阀混战的局面，商务馆的发展却一直很稳定，逐步的实施着文化建设和商业活动，它的文化和经济地位也渐渐积淀起来。但是，影印《四库全书》的事宜，还是让张元济屡屡碰壁，他后来回忆说，"四库"事层层难关，真如唐三藏取经。

从1916年起，为抢救古典文化遗产，商务馆就已开始注重古籍出版，先后辑印了不少古书，其最著者，为1919年开始辑印的《四部丛刊》，初编收书323种，均选用善本，被视为续存中华文明的壮举。不过，在张元济看来，这还远远不够。他在1916年听说，上海一个犹太大富商要出资筹印《四库全书》，便觉得作为中国人，实在更应引为己任，于是开始争取影印《四库全书》。

1920年，有人企图影印"四库"，那是因为法国当时要退还庚子赔款，此款可用为影印费用。北洋政府为此决议依原式影印，打算交给商务印书馆承办。张元济为此曾于该年10月赴北京与北洋政府方面朱启钤、叶恭绰商议。但是，按照当时的计划，估计成书有百部以上，需要款项300万元，用时超过20年，这样繁杂庞大的工作绝非商家能力所及，所以张元济表示商务馆一家总难担任。此事就被当局搁置了。

1924年，适逢商务建馆30年纪念，张元济打算商议影印"四库"。与清政府的内务府协商后，被允许借文渊阁本一次运沪。由于计划将版式缩小影印，可省成本、工期，大抵5年之内可竣事。几经磋商（高梦旦赴京联系）后，订立了领印办法，并报北洋政府国务院及内务都、教育部、交通部备案，而且准备了运书的专车。眼看谋求有望，忽然又起波折。只因当时总统府秘书厅发出公函，查禁"四库"出京。表面上是说"爱护古籍，格外慎重"，实际是秘书长李彦青，因向商务馆索贿未成，才横生枝节。张元济急电国务总理孙宝琦等，陈述原委，孙宝琦以种种借口拖延，影印一事再度搁置。

1925年段棋瑞执政时，教育总长章士钊，交通总长叶恭绰又通知张元济，政府有意印《四库全书》，于是商务馆派人赴京交涉。最终商定查点文律阁本，订立合同，准备运到上海。可是，江浙战事爆发，路运中断，计划又告中止。到第二年，北伐战争由南而北，风声鹤唳，北方政局不稳，商务馆再提此事，已不可能付诸实施。

张元济半生致力古籍出版，在他的不懈努力下，多半达到了预计的结果，唯独影印《四库全书》的工程未能实现，成为一大憾事。所幸的事，1933年至1935年间，商务馆得以用文渊阁本辑印了《影印四库全书珍本初集》，夙愿稍偿。旋即因抗战发生，不能继续。

影印《四库全书》工程无法进行的主要原因是外界因素，而商务馆内部也发生了一些麻烦，1925年5月30日，"五卅惨案"发生。上海全市总罢工，商务馆也被卷入风潮。当时，编译所的郑振铎、沈雁冰、

《四库全书》

《四库全书》是乾隆皇帝亲自组织的中国历史上一部规模最大的丛书。1772年开始，耗时10年编成。丛书分经、史、子、集四部，故名"四库"。据文津阁藏本，该书共收录古籍3503种、79337卷、装订成三万六千余册，保存了丰富的文献资料。"四库"之名，源于初唐，初唐官方藏书分为经史子集四个书库，号称"四部库书"，或"四库之书"。经史子集四分法是古代图书分类的主要方法，它基本上囊括了古代所有图书，故称"全书"。清代乾隆初年，学者周永年提出"儒藏说"，主张把儒家著作集中在一起，供人借阅。

胡愈之等人还编印了一份《公理日报》，揭露五卅惨案真相，抗议帝国主义暴行。张元济等商务领导层人物暗中予以支持，这也促成商务印书馆工会在1925年6月21日成立。

五卅惨案

1925年5月15日，上海日商内外棉七厂资本家借口存纱不敷，故意关闭工厂，停发工人工资。工人顾正红带领群众冲进厂内，与资本家论理，要求复工和开工资。日本资本家非但不允，而且向工人开枪射击，打死顾正红，打伤工人10余人，成为"五卅"运动的直接导火线。第二天，中共中央发出第32号通告，紧急要求各地党组织号召工会等社会团体一致援助上海工人的罢工斗争。19日，中共中央又发出第33号通告，决定在全国范围发动一场反日大运动。28日，中共中央召开紧急会议，决定以反对帝国主义屠杀中国工人为中心口号，发动群众于30日在上海租界举行反对帝国主义的游行示威。同时，为加强工会组织的力量，决定由共产党人李立三、刘华等主持，成立上海总工会。随后，刘少奇到达上海，参加上海总工会的领导。5月30日上午，上海工人、学生2000

多人，分组在公共租界各马路散发反帝传单，进行讲演，揭露帝国主义枪杀顾正红、抓捕学生的罪行、反对"四提案"。租界当局大肆拘捕爱国学生。当天下午，仅南京路的老闸捕房就拘捕了100多人。万余名愤怒的群众聚集在老闸捕房门口，高呼"上海是中国人的上海！""打倒帝国主义！""收回外国租界！"等口号，要求立即释放被捕学生。英国捕头爱伏生竟调集通班巡捕，公然开枪屠杀手无寸铁的群众，打死13人，重伤数十人，逮捕150余人。其中捕去学生40余人，击毙学生4名，击伤学生6名，路人受伤者17名，已死3名。6月1日复枪毙3人，伤18人，制造了震惊中外的"五卅惨案"。

商务工会成立不久，8月22日，工会组织了全馆大罢工。这次罢工与以往声援爱国反帝运动的罢工性质有很大不同，它是有领导和组织，有权利要求和条件的一次典型劳资斗争。罢工者向馆方提出的复工条件，主要有要求公司承认工会有代表全体职工的权力，增加工资，缩短工作时间，废除包工制，优待女工等。

毕生为文化而奋斗
——中国第一出版家张元济

编译所的编辑也卷入了工潮。因罢工正值8月下旬，直接影响到9月新学期教科书的供应，令商务馆十分头疼。劳资谈判，资方代表为张元济、高凤池、王显华，劳方代表有王景云等12个人，其中还包括沈雁冰、郑振铎。这次工潮的目的并非局限于罢工的经济目标本身。

对于张元济来说，作为资方代表，他不能不考虑公司的利益，然而这种现代劳资斗争是他从来没有应付过的，只能本着与人为善的态度去平息风潮。作为一家民族资本运营的出版企业，商务馆的工作条件和福利待遇，不算很差。每天9小时，每周6天的工作制按当时的标准看，是十分优裕的。工人每月工资收入从10元（新满师的徒工）到50元（熟练的工头）不等。每年有国庆、新年和4天春节的假日，还可给予5至10天有薪的婚假或父母、配偶的丧假。女工有两个月无薪的产假，但可得10元喜封。尚公实验小学设有奖学金，对低工资工人的子女有助学金。它附设的幼儿园是免费的。公司在印刷厂设有诊所，每次仅收3分钱象征性的诊费。所以1920年5月号的《新青年》杂志还刊发过一篇称赞商务馆福利计划的文章。

经过几天谈判，劳资双方互有让步，达成妥协，工人工资得到较大幅度提高，工潮平息。张元济在达成协议时发言，希望大家多注意和维护公司发展，委婉地表达了他的"同存共利"的苦衷。商务董事会开会，张元济报告罢工情形并提出："此次罢工要求被辞同人复职，实无办法，元济等再入思维，此无非由于办事人处置无方，只得提出总辞职。"董事会讨论后议决，辞职事万难应允，如不得已只有暂行宣告歇业。这次资方不愿再让步。但是张元济对事端持和平解决的基本态度。经理王显华则主张用强硬手段平息工潮，以至调动驻厂军警开枪打伤数人，拘捕数人，使事态恶化。张元济闻讯声泪俱下，坚持主张和平谈判，委托夏瑞芳之子夏鹏等到厂协商，作出决不带走一人的保证，谈判得以进行。经协商让步，风波才告平息。工潮中张元济虽然人望不低，得到工人的拥护（职工大会上全场高呼"打倒王显华！""拥护张菊生！"），但是张元济也受到刺激，处理劳资纠纷的两难困境，使其心情低沉，渐萌退意。罢工刚刚结束，他写了一封没有发出的致董事会函："现在潮流甚激，断不能以一二十年前陈腐之思想、简略之方法与之周旋，必须开诚布公，一切为根本之解决。公司组织不能不大加改革。改革之事恐非吾辈脑力之所能。窃谓欲保全公司，不能不易旧制度，尤不能不用新人才。"此时他在考虑辞去监理职务，颐养天年。

张元济曾同高梦旦有过约定，约定二人在60岁时退休。1926年，按中国传统算法，张元济正60岁，工潮过后4个月，上海《申报》《新闻报》同时登出了《海盐张元济启事》，启事说："鄙人现因年力就衰，难胜繁剧，所任商务印书馆监理之职，已向本公司董事会辞退。四方人士如因关涉公司事务有所询商，务请递函商务印书馆总务处，勿再致书鄙人，免致迟误，谨此通启。"

在董事会尚未接受其辞职的时候，这个公开声明，既是不寻常的，也表明其退休意愿的坚决，所谓"断无出尔反尔及名去实回之理"。张元济忽然宣告辞职，引起馆内同人、董事以及各地股东的关切，纷纷表示挽留。连夏瑞芳夫人鲍金玉也出面来劝说，胡适从北京来书，"盼先生再支撑几年的辛苦"。面对各方殷殷挽留的呼声，张元济不得不做出解释。此次抉择十分认真，但个中心情颇为复杂，所以有时自白"现在精力渐衰，迥非昔比"。

1926年7月21日，张元济的辞呈被董事会接受。正式退休。但不久便被推选为董事会主席。张元济不肯接受特别照顾和优待，要求退俸金照普通同人定额裁定，绝不肯接受公司给予的酬庸。在利禄一途，张元济个人始终不仅忌贪，而且守拙，他不肯改变素守的传统道德观念，"元济幼习诗书，窃思勉附于辞尊居卑、辞富居贫之列。昔年投身公司，绝迹仕宦，即是此义，至今未改。君子爱人以德，甚望董事会之怜其愚而鉴其诚也。如必相强，有于普通定额之外增加分毫者，元济只可缴还公司。"

历 经 磨 难

张元济退休后，除了每月要主持商务印书馆董事会议，仍与傅增湘、朱希祖、伍光建等互通往来，讨论古籍收藏、出版事宜。余暇，常常听戏，对昆曲产生浓厚的兴趣。1927年初，张元济曾赴苏州，接受东吴大学授予的名誉法学博士学位。同时获此名誉的还有著名的经济学家马寅初。

此时国内罢工频发，北伐战争也进入到高潮。自民国以来多年不问政治的张元济对时局看法不免忧心忡忡。虽然对工人罢工持认同态度（张曾在董事会上说："此次罢工完全为对外之事，鄙意惟有忍耐、和平，认请同人之意而为要。"）而心绪更多的是不安，这在几封致友人函中时时流露，如谓："此间谣言甚盛，吾辈皆窠幕之燕，正所谓做一天和尚撞一天钟也。""默察沪地形势，大祸在前"，"前路茫茫，殊难

毕生为文化而奋斗

逆料"。这年的2月底,康有为在青岛病逝,张元济闻之感慨于心,4月11日致梁启超书,谓"南海先生七旬称庆未及一月,这尔作古。人之云亡,邦国殄瘁,可胜悼借。时局骤变,举国若狂,云橘波诡,不知伊于胡底,避世避地正在此时……"信的内容反映出他比较悲观的心情。

现商务印书馆涵芬楼书店

直到 6 月份，他才感觉上海情形趋于稳定，在给傅增湘的信中说"狂风骤雨此间总算过去，以云安稳似比北方为优"。因为战事转向北方了。加上北洋政府面临垮台，许多文化人南下，聚集沪上，胡适也在出游欧美后未回北京，转而定居上海。一时及尔后，上海的文化活动中心色彩益为显著了。同时，上海已是全国金融、工商业的中心，为了适应形势与自我保护，上海的大资本家和大公司在 1927 年采取了支持国民党政府的态度，并为其垫付了大量资金，其中上海商业联合会的 300 万元即包括商务印书馆的 20 万元，这是不得不拿出来的。

1927 年 10 月 17 日晚，一伙持械绑匪闯入张元济的寓所，将其绑架带走。绑匪的目的是获取巨额赎金。当晚，张元济被劫至乡间，生命暂时无虑。绑匪声称要 30 万，继而又减少到 20 万。绑匪认为商务印书馆是张元济的私产，还听说张元济给女儿的嫁妆就值 30 万元。把他视为大富翁，要借此好好捞一票。但不知商务印书馆虽然名气很大，但它是一家从事出版的股份有限公司，股东人数很多，有个经股东选举产生的董事会，却没有一个占据大部分资本的老板。而且张元济并非大股东，他的收入主要是薪水和一定的股息、花红。虽然在那时不能算少，却根本不是大资本家，也没有夸富的事。张元济固然与一些大实业家来往不少；只因为这些人除了致力发展民族工商业，都有心扶助文教事业，故来往多与这类事业有关，所以张元济听到绑匪索价的口气是误以为自己是个大财主，不禁"大笑"，让他们不妨再去查查。遭绑架后，张元济并未慌张，对待绑匪，也是充满诚意。他在被监守时写信给高梦旦说："以弟资格，竟充票友，可异之至。此间相待颇优。请转告家人放心，惟须严守秘密。票价二十万，殊出意外，以弟所有家产，住房道契，非弟签字，不能抵款。商务股票兄所深知，际此时局，售固不能，押亦不易。但弟既到此间，不能不竭力设法，请兄为我帮忙，并转告内子向亲友借贷，愈速愈妙。再此事切不可宣扬于外，如已报捕房，即速设法销案，告知系由自己商妥了结。"还做了两首自嘲自遣的诗，诗中说："笑余粗免饥寒辈，也作钱神一例看。"第四天，张元济写信给侄儿张树源，希设法筹措赎金。张树源当时同商务一编辑出面与绑匪头目接洽，最终靠典当、借贷，凑足了一万元。都已是无可奈何，只得以一万元了结。到第七天上，张元济被赎出归家。

在张元济主持商务出版古籍的过程中，《百衲本二十四史》居于突出的地位。这不单是因为以往旧史版本已流通不多，而且问题不少，缺乏系统整理校勘，始终是学术界的一个遗憾，需要弥补，同时又是张元济多年的宏愿。张元济自身的学术研究也集中体现于此，以朴实严谨的学术风格从事史书辑校，《百衲本二十四史》的学术价值显然超出了这一出版工程本身。

《百衲本二十四史》出版始于1930年，原计划分四期出书，到1933年出齐820册，后因"一·二八"事变，商务馆遭战火摧毁，导致中断，直至1936年才彻底竣工。所谓"百衲本"，是指采用各种版本，残缺不全，彼此补缀而成，犹如僧服的"百衲衣"。在"衲史"准备和排印过程中，张、傅二人通信频繁，相互不厌其烦的探讨版本问题，张元济也承认"诚为缺点"，然"现在只得将就"。到1931年初，张元济终于访知日本上杉侯爵家藏有黄本全部，于是托友人借到摄影补足，这才一偿夙愿。傅增湘闻讯称，"史记得全宋本，真可庆慰，所谓精诚之至金石为开也。"

1927年10月，张元济被绑票赎出后几天，便曾开列"衲史"所拟用版书的目录，而在尔后的实际运作中力求不断改善，变动是很大的。

1929年12月，他曾在给友人的信中说："曩承慨借宋刊唐书暨三朝本南北诸史，新旧对勘，获益非浅。"

1930 年 1 月，与傅增湘的信中说道："影印旧本正史，明春即拟开印，其中尚有需斟酌者。"拟借《朱书》、《魏书》、《北齐书》、《陈书》配补。

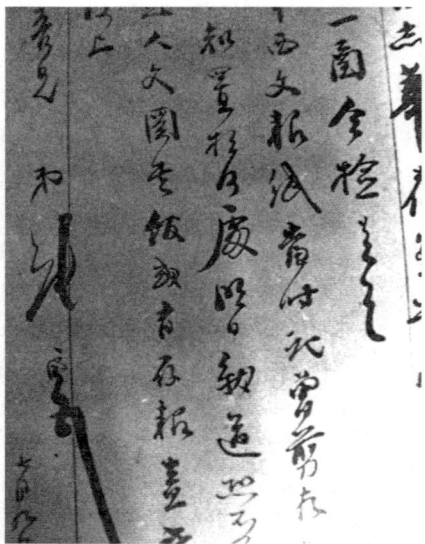

张元济手迹

1930 年 5 月，在与傅增湘通信中，谢抄示北平图书馆所藏残宋本《魏书》卷帙。然仍欠十余卷，且有阙叶，故"徐氏所藏一部如缺卷叶均可补者，仍乞鼎力转商为荷"。

1930 年 7 月，又在信中道，谓中研院史语所所藏宋刊《册府元龟》暨元刊《宋史》"蒙允假印，极所欣感"。

由此可见，辑校"衲史"所做的大量案头劳作和组织工作。张元济任劳任怨，精神可嘉。

1930 年 8 月，当"衲史"已出样本并发售预约之后，辑校工作全面展开，张元济主持建立了商务印书馆校史处，以汪冶年、蒋仲茀为正副主任，由无锡国学专修学校校长唐文治推荐来的毕业生王绍曾、钱钟夏、赵荣长进入校史处工作。张元济为助手制定了详细的工作规则，如须将选定版本的照排版同明监本、武英殿本等进行核对，发现不同处记录于边栏外面，须查找名家校记、评论和注释，以备参考；须将同一生书的不同版本上所载的前人评注和书目提要进行对校。在此基础上，"先生每晚复校校史处当日送来之校稿，发现问题，即贴上签条，用朱笔批注，并在每页上加盖"断版勿拼"、"断版剪开，拼准修好"等戳记，翌晨发还。又亲撰《晋书·纪传》、《宋书》等史的制版须知。

《百衲本二十四史》总的风格是"遵古影制"，最终，除《旧五代史》用辑明永乐大典本，《元史》用明刊本，《明史》用清刊本外，前二十二史所据底本有宋本十五种、元本六种，非朱即元。未得圆满者，盖因《旧五代史》的早期刻本坠绪茫茫，虽曾登报征求金刻本，终未有所获。张元济订下了"影印描润工序"，有初修，有精修，有初校、复校、总校，也讲了如何洁版、如何梳剔、如何弥补，颇为细致。经过描润后的印本字迹清朗，不失其真，令人敬佩出版者的敬业精神。

"衲史"是有形的，但其中还蕴涵着一种无形的精神，即不辞坚忍做事、做好事的精神。不畏难，不

毕生为文化而奋斗
——中国第一出版家张元济

为挫折所屈。"衲史"辑印过程中曾遭受"一·二八"战火磨难，原存底版大半被毁，不少都要重照再制。当时灾后校史处同人至先生寓所慰问，张元济见到各位，几乎抱头痛哭，呜咽得话也说不出来，对"衲史"能否继续印行也毫无把握。但半年后校史处便在先生家中重建，开始了恢复工作，并在第二年加紧进行。张元济甚至忙得在旅行途中的车、船上赶阅校样。胡适对《百衲本二十四史》的评价很中肯："此书之出，嘉惠学史者真不可计量！惟先生的校勘，功力最勤，功用最大，千万不可不早日发刊。若能以每种校勘记附于每一生之后，则此书之功用可以增加不止百倍。盖普通学者很少能得殿本着，即有之亦很少能细细用此百袖本互校。校勘之学是专门事业，非人人所能为，专家以其所得嘉惠学者，则一人之功力可供无穷人之用，然后可望后来学者能超过校史的工作而作进一步的事业。"

1932年初，"一·二八"淞沪抗战爆发。1月29日清晨，进攻闸北的日军飞机轰炸了商务印书馆，位于宝山路上的商务总厂制墨部最先中弹起火，继而，总管理处，第一、二、三、四印刷所及纸库、书库、尚公小学、东方图书馆均中弹起火，因战争激烈无法抢救。交通已断绝，张元济无法得知确实消息，焦念中仍抱希望，希望东方图书馆能有所保全。但2月1日，日本浪人再次闯入东方图书馆纵火，将日机轰炸时未毁的图籍加以焚毁。灰烬与纸片随火光冲天而起，飘满上海天空，有的落入先生沪西寓所园中，先生对此情景，不禁泪下，对许夫人说："工厂机器、设备都可重建，唯独我数十年辛勤搜集所得的几十万册书籍，今日毁于敌人炮火，是无从复得，从此在地球上消失了。"叹了一口气接着又说："这也可算是我的罪过。如果我不将这五十多万册搜购起来，集中保存在图书馆中，让它仍散存在全国各地，岂不避免这场浩劫！"

总厂全毁。所幸者，涵芬楼善本古籍有五百余种，张元济在1924年间为避内战之祸，曾取出寄存于租界金城银行保险库内，此次幸免同归于尽。但张元济多年孜孜不倦收集的26000册地方志书可叹化为灰烬，已后不可能复得，这也是他为最堪痛心的地方。商务馆遭此劫难，张元济35年的心血同遭厄运。这件事刺激起的愤慨是可以想见的。虽然他在答复朋友的慰问时说到，"世间万物不能逃出'成、住、坏、空'四字。"他写信给胡适说："商务印书馆诚如来书，未必不可恢复，平地尚可为山，况所覆者犹不止一篑。设竟从此浙灭，未免大为日本人所轻。兄作乐观，弟亦不敢作悲观也。所最望者，主持国家皈依三民主义之人，真能致民于生，而不再致民于死，则吾辈或尚有可措手之处。否则，摧灭者岂仅一商务印书馆。"

1932年2月1日下午，东方图书馆的大火仍在燃烧，大祸已成定局，在张元济主持下商务董事会召开紧急会议，讨论如何应变。最后决定：（1）上海总馆及两分店停业，总馆同人全体停职。（2）公司以后方针俟立集股东会决定，成立善后办事处仍（3）同人薪金除已支至一月底外另发薪金半月。（4）各分支馆、分局暂时照常营业，但竭力紧缩。当时战火未停，张元济作为善后委员和馆中元老每日均到办事处料理善后诸事。直到3月3日后宣布停战，清点损失，感觉维

"一·二八"事变中被日军轰炸毁坏的上海商务印书馆

持公司的问题非常严重，恢复之志虽定，然而从何处下手都不容易。

时至5月中，日军尚未尽撤。由于损失太大，恢复工作受制于财力状况。据当时的董事会报告，除了固定资产和藏书的巨大损失外，1931年度营业本来增进甚多，然而遭难之后，转盈为亏，计亏耗374万余元。尽管将历年所存普通公积金133万余元悉数弥补亏耗，仍亏损213万余元，不得不减少资本五分之二，营业收缩已不可避免。而解雇职工成了敏感而棘手之事。

5月9日，馆方就职工解雇问题发表通告，解雇职工除发给退俸金外，再发薪水半个月，特别储蓄及活期储蓄全数发还。此方案引起职工方面不满，"曾组织劝导团，劝阻职工缓往领取，静候交涉，其结果，领款人数达2000余人。闻未领款一部分之职工，请求职工被难善后委员会领导，提出诉讼，请求法律救济。"

劫难之后，张元济仍有不少事情要做，如抓紧恢复校辑出版《百衲本二十四史》，主持东方图书馆复兴委员会（委员另有蔡元培、胡适、陈光甫、王云五，先生捐款一万元），撰写《涵芬楼烬余书录》，组织编订出版《四库全书未刊珍本丛书》，辑印《四部丛刊续编》、《四部丛刊三编》,《丛书集成》以及其他古籍,工作繁冗,负担有甚于难前者。

他在给侄子的信中说,"殊以为苦,然商务印书馆为此时一家养命之源,我虽不拿一钱,然我若放手,恐大家从此松散,真觉得进退两难也。"话虽这么说,在所谓"复兴商务"的时代,张元济仍是以积极前行的姿态站在历史舞台上的。而且,对于工作,他有一种责无旁贷的紧迫感。"一·二八"之后,战争阴影仍未消失,考虑到"近岁战争之事层见迭出",古籍若不尽早重印以致毁亡,是大可惜的事。若无张元济以忧患心情加以督导,复业后的商务在古籍出版方面不会迅速恢复并超过难前的水平。"一·二八"的刺激,对张元济而言,非同一般。也许出于自觉,战争的威胁,使他把抢救文化遗产摆到了紧迫的晚年日程上,所谓"颇欲就此残年多印数千百卷之书,正不知心意何如耳"。

1935年夏,商务馆负责人致信张元济,说"近年公司印行《百衲本二十四史》、《四部丛刊》正续各编,全赖我公一手主持,劳苦功高,远非公司在职同人所及,而纯任义务不下十年,尤为全体同人所敬佩不已。'一·二八'以后,编审部同人较少,所有印行古书事宜,在编校以至广告,在在费神"。通知先生从本年起奉酬4000元。张元济谢绝，"弟终当常为公司办事，但终不能受公司一钱，以此报诸君，并以次报身殉之故人……"

1936年10月，正值张元济七十寿诞在即，不少友人同事想举行贺寿活动。张元济谦逊，极力辞谢，只同意由商务编集了一本《张菊生先生七十生日纪念论文集》，索性身赴杭州避寿，将已寄来的礼品、礼券全都退回。

国难中的张元济

1937年7月7日，抗战开始。8月13日，日军大举攻击上海守军，淞沪战役爆发。11月11日，上海沦陷。张元济未离开上海举家逃难。还在1936年10月间，他给侄子的信中说，"万一变生意外，我处重心在此，非至必不得已之时亦难轻离。"战事爆发后，又觉得"此时家眷遽尔南行，未免近于张皇。我意非万不得已时，不宜轻动"。此外，由于太平洋战争爆发前上海租界尚能苟安，也由于商务印书馆董事会及留沪机构须要维持，张元济滞留"孤岛"及沦陷区。

1937年5月，战争已经爆发，张元济编写的《中华民族的人格》一书出版。这本书既是先生校辑《史

记》等古籍的副产品，
也是对时世有所感而发。
这本书写到的志士仁人
故事，实际上诠释了人
格在人生历史上的价值
意义，代表了中华民族
所尊奉的人格标准，即
孔子所谓"无求生以害
仁，有杀生以成仁"，孟
子所谓"富贵不能淫，

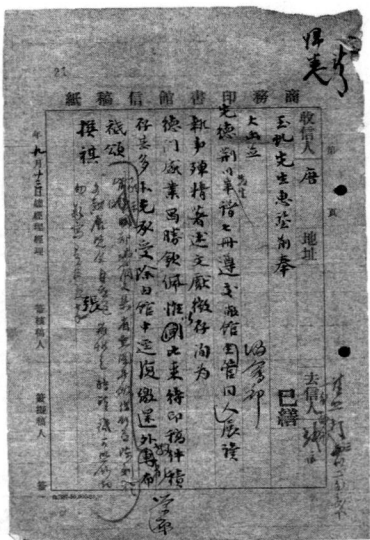

张元济书信稿

贫贱不能移，威武不能屈"。保持这样一种人格追求，
一个民族便还不失去可以通过炼狱的精神原动力，否
则它必定要堕落。张元济并未探讨人性与人格的复杂
性问题以及历史的悲剧性，他只是想强调，无论什么
时候，忽视或丧失人格，都是不可原谅的耻辱，尤其
在国难当头、民族危亡的关头，这种提醒与弘扬，针
对性是显而易见的，无非廉顽立懦，激人奋发。他说，
我现在举出这十几位……他们的境遇不同，地位不同，
举动也不同，但是都能够表现出一种至高无上的人格。
有的是为尽职，有的是为知耻，有的是为报恩，有的
是为复仇，归根结果都做到杀身成仁。……只要谨守
着我们先民的榜样，保全着我们固有的精神，我中华

民族不怕没有复兴的一日。"

从1937年到1947年间，《中华民族的人格》一书共印行了6版。该书在日本占领区被禁止发行。1945年抗日战争胜利后，张元济为此书再作题词："孔子曰杀身成仁，所谓仁者，即人格也，生命可掷而人格不可失。圣训昭垂，愿吾国人守之毋……"

抗战爆发后，商务总馆以及各地分支机构也遭到不少损失，但比起1932年的"一·二八"之难，尚堪称幸。上海总馆势不能不收缩，呈"孤岛"之势，只能维持生境。在此情况下，张元济认为，"欲维持公司之生命，开源非易，唯有节流而已。……盖此后情形，全国人民及本公司均非穷干苦干不可，目前公司尚有微力，若不及早绸缪，待至消耗已甚之时，再图挽救，恐已无及。公司能早日节省一分，即可多一息之生存，亦即可维持同人一息之职务。元济亦知同人薪水被减，已大为难，然过此以往，欲图生存，唯有节衣缩食之一策。"在张元济提议下，电灯、电话、包车费均力行裁减。

在以往主持商务印书馆的多年间，张元济曾与汪精卫有交往，1936年张还拜访过汪，但是汪精卫最终作了汉奸，走了另一条路。1941年汪还特意将其与陈璧君合撰的《双照楼诗集》，托人带沪赠予张元济，并嘱其复函，张没有理睬。

1942年初，正是日伪统治更为严酷的时候，上海出版业皆被封闭，人心惶惶。在张元济看来，"情形日趋窘迫"，已想到"迫不得已时，拟将涵芬藏本售出若干，以解燃眉之急"。不过，处境虽难，张元济却绝不与日伪方面打交道，据史料记载，当时，"两名日军军官驱车抵先生寓所，送上名片求见。先生拒不晤见，挥毫书曰'两国交兵，不便接谈'八字。"

国难期间，张元济依旧没有放弃对中华古老文明的整理出版。一是关于《脉望馆钞校本古今杂剧》（又名《也是园古今杂剧》）在抗战期间的影印出版。1938年5月底，傅增湘致信张元济，告以闻沪肆有元曲64册，约200种，"皆《元曲选》所遗，索值三千元"，托张氏代为商购，"务以必得为幸"。这部古本杂剧"奇书"，郑振铎说这部书的出现如同发现了一个元明杂剧的宝库，在种数（242种）上，较之明人臧晋叔编《元曲选》多到一倍半，更足以补臧选及他书之未及。此后，郑张二人多次往复商量"孤本杂剧"的出版问题，并请词曲专家校订，在张元济的积极组织下，精选《脉望馆钞校本古今杂剧》144种的《孤本元明杂剧》终于抢在太平洋战争爆发前出版。此外，张元济还推动出版了《景印元明善本丛书》、宋本《宛陵集》、影宋本《稼轩词》，以及由叶恭绰编选的《广东丛书》等。

第二件事为参与敌后保存文献古籍的行动。行动由郑振铎发起，1939年末，由郑振铎、张元济、何炳松、张寿镛等联名致电重庆有关部门，请求在沪组织购书委员会，从事搜访遗佚，保存文献，以免落入敌手，流落海外。这一组织即文献保存同志会。重庆方面闻讯，派中央图书馆蒋复璁秘密来沪，商定抢救散出古籍办法，以"中英庚款董事会"拨款购书。最后商定，原则上以收购"藏书家"之书为主。未出者，拟劝其不售出，不能不出售者，则打算收购，决不听任其分散零售或流落国外。玉海堂、群碧楼二家，当先行收下。几个人任事，郑振铎、张凤举负责采访，张元济负责鉴定版本，何炳松、张寿镛负责保管经费。此次搜购古书，是民国以来最大的一次购藏文献行动。计划拨出经费40万元，三分之二用于上海，三分之一用于香港。

第三件事，是在1939年4月与叶景葵、陈陶遗一道在沪发起创设合众图书馆。东方日书馆毁于"一·二八"炮火，此后虽经张元济等人努力恢复，值抗战爆发，恢复之心终付惘然。叶景葵是浙江兴业银行的董事长，为张元济早年办通艺学堂时的学生，后从事实业，爱藏书，与张元济交谊非浅。自战祸袭来，叶氏不忍目睹"公私书藏，流转散佚"。于是有发起创设合众图书馆之愿。叶氏为此捐出几乎所有家财和藏书，按顾廷龙的意见，"建设一专门国学之图书馆"。此事得到许多人支持和响应，张元济作为发起人之一，捐入了所藏嘉兴、海盐地方文献及张氏先人遗著和其它旧藏书籍，共900多种约3800册，古道热肠，众人抬薪，合众图书馆竟于抗战中充实发展，成为一家大图书馆（后并入上海图书馆），实现了叶氏"独乐不如众乐"之言。为此，张元济作诗一首："中原文物凋残甚，欲馈贫粮倍苦辛，愿祝化身千万亿，有书分饷读书人。"

晚 年 生 涯

1949年以后，张元济仍担任商务印书馆董事长。9月，新政协开会，因病谢辞不果，由于树年侍陪北上出席会议，曾会晤毛泽东、周恩来及文化界诸人士。同年被任为华东军政委员会委员，出席上海市第二届各界人民代表会议。由于在商务工会大会上演说时突然跌倒中风，致半身瘫痪。

时代转换之交，经营已50余年的商务印书馆也面临何去何从的选择。张元济曾出面要求救济、申请贷款不果。经陈叔通联系，商务与三联书店、中华书局、开明书店、联营书店联合组织中国图书发行公司。编审部、出版部先后迁往北京。1954年实行公私合营，商务的产权被国家接管，股东得到百分之四的定息。同时商务与高等教育出版社合并，分工专门出版大专院校教材和工具参考书（1959年起两家分开，商务印书馆的业务缩小为翻译出版外国古典哲学和社会科学著作以及词典、外语教材等）。至此，如陈叔通1954年1月28日致张元济书所云："五十七年事业可有交代，实即有了结束，股东在某一时间仍有利可图。以后公以文史馆馆长例为，商务印书馆董事长之例切勿过问。"

1953年东方图书馆宣告解散，书籍452箱又204包，均捐献政府。此外涵芬楼所藏《永乐大典》21册，及张元济早年收得的翁心存手书日记25册也捐献于北京图书馆。

张元济自偏瘫后常年卧床，自状"偃仰绳床一病翁"。病中残年，他编校了《涵芬楼烬余书录》一书，这是"一·二八"劫难后了余的珍本古籍的目录。该书共分四章，列举当时被移藏于银行保险库中的数百卷善本书的目录。此时重溯19年前旧景，诚无异"如谈天宝，如录永贞"。

1956年，张元济度过了90岁寿辰。当年曾服务于商务印书馆编译所的沈雁冰祝辞道："从戊戌以后，菊生先生致力于文化事业，创办商务印书馆，在中国于是始有近代化的出版事业。商务印书馆在介绍西洋的科学、文学，在保存和传播中国古典文学和其他学术著作方百，都有过重大的贡献。将来的历史将纪录菊生先生这些对于祖国文化的贡献。先生寿如松柏，先生之风亦山高水长。"

1959年8月14日，张元济病逝于上海华东医院，享年93岁。骨灰安葬于上海联义山庄公墓。张元济先生一生并未采取非此即彼的立场。作为一位旧式儒家学者，当他面临新的价值观和世界观的挑战时，可以越过定见的保守藩篱，开放自我，他渴望中国的进步，身体力行的实践着富国强民的行动。不仅积极推动"新学"的传播，同时又不遗余力地整理出版传统文化典籍，在国难当头之际，弘扬人格价值，他始终超脱

晚年时的张元济

于政党、派别之争，相信只有靠文化建设，通过启发民智的途径，才是中国走向现代化的主要源泉。张元济贡献一生为续存中华古老文明所做的努力，和他特有的知识分子气质，凝聚成一个时代中华民族魂魄的缩影。

张元济（前排中）90岁生日时与商务印书馆同仁合影

毕生为文化而奋斗

——中国第一出版家张元济

中华魂·百部爱国故事丛书
提　要

《誓与禁烟相始终——民族英雄林则徐》

林则徐严禁鸦片，坚决抵抗西方列强的侵略，坚持维护国家主权和民族利益。他是中国近代历史上第一位睁眼看世界的人，是抗击帝国主义殖民侵略的第一人，是中华民族抵御外侮过程中伟大的民族英雄。

《血洒虎门御敌寇——抗英将军关天培》

民族英雄关天培，在第一次鸦片战争中为了抗击英国侵略者的入侵而血洒虎门，为国捐躯，谱写了一曲可歌可泣的英雄赞歌。关天培用他的生命，书写了中国人民反抗外侮的历史。

《威震镇海靖节魂——抗敌英雄裕谦》

在第一次鸦片战争期间的众多牺牲者中，有一位官阶最高，他就是两江总督裕谦。裕谦与外国侵略者斗争立场坚定，与国内妥协派、投降派斗争态度坚决。裕谦督战镇海，与英国侵略军浴血奋战，临危不惧，以身报国，浩气长存。

《斩邪留正解民悬——太平天国领袖洪秀全》

农民出身的洪秀全，从失意文人到起义领袖，经历了长期的思想演变过程，在外敌入侵、清朝政府腐朽的历史环境之下，顺应时代的潮流，成长为一位非凡的历史英雄人物，建立了与清朝政府相抗衡的农民政权——太平天国。

《仰承汉唐　荟萃中外——近代数学家李善兰》

　　李善兰是我国19世纪重要的科学家之一，在数学、天文学、力学等方面都有重大建树。他继承了我国古代数学的成就，又以极大的热情传播西方科学文化，"仰承汉唐，荟萃中外"，把自己的一生献给了科学事业。

《严谨治学　勇于探索——近代著名数学家华蘅芳》

　　华蘅芳，中国近代数学家之一。其精通中国古算学，并熟练掌握西方近代数学，是中国验证抛物线并著书立说的参与者。为了证明"外国有的，中国也能造"而鞠躬尽瘁，在引进西方科学技术、传播科学知识上贡献卓著。

《折冲樽俎护山河——近代著名外交家曾纪泽》

　　曾纪泽是中国近代史上著名的爱国外交家，在中俄伊犁交涉事件中，他秉承抵抗列强、保卫国家的坚定意志，利用外交手段全力同沙俄抗争，捍卫了国家主权、民族尊严，收回了祖国的领土，在近代中国外交史上留下了光辉的一页。

《甲午海战留英名——民族英雄邓世昌》

　　邓世昌，北洋水师名将。本书以邓世昌的成长过程为线索，以代表性的历史故事为主要内容，还原真实的历史事件，突出鲜明的人物性格。邓世昌因在中日甲午海战中突出的英雄气概而名垂史册，书写了伟大的爱国主义篇章。

《誓与舰队共存亡——北洋水师提督丁汝昌》

　　丁汝昌处在清朝政府的腐朽和李鸿章的专断下，难以施展爱国的抱负，壮志未酬，愤恨而终。但丁汝昌为建立近代海军作出的巨大贡献，带领北洋舰队爱国官兵勇抗强敌的英雄事迹，将永远为后代所传颂。

《镇南关上凯歌扬——抗法老英雄冯子材》

　　1885年中法战争中，年逾古稀的冯子材为抵御外国侵略，勇赴国难，大败法军于镇南关，并乘胜追击，接连收复文渊、谅山等地，从根本上扭转了中法战争的局面，成为近代民族英雄的杰出代表。

《屡败法军逞英豪——黑旗军将领刘永福》

刘永福是黑旗军的创建者，是农民出身的杰出军事家、政治活动家。在19世纪发生的援越抗法、中法战争中，他率部与帝国主义侵略者进行了殊死的战斗，建立了卓越的功勋，成为我国近代史上著名的民族英雄，为后世所景仰。

《矢志变法强国家——戊戌变法领袖康有为》

康有为是清末民初最有影响力的思想家之一。他领导了中国知识界的启蒙运动，掀起了一场自上而下的政体改革。他最早在中国提出了立宪政体和具体的宪政方案，主张在坚持儒家传统和帝制的前提下，学习西方经验，他的进步思想对近代中国具有深远的影响。

《开民智以报国 普新知而图强——戊戌变法思想家梁启超》

梁启超，中国近代史上著名的政治活动家、启蒙思想家、史学家、文学家，戊戌变法领袖之一。本书以百日维新思想家梁启超的成长过程为线索，以代表性的历史故事为主要内容，还原真实的历史事件，突出鲜明的人物性格。

《我自横刀向天笑——维新志士谭嗣同》

谭嗣同在民族危机的严重时刻，投身改革救中国的洪流。为了带给祖国一个光明的未来，紧要关头，他挺身而出，用自己的鲜血激励后人，把宝贵的生命献给了变法事业。

《睡乡敢遣警世钟——用生命警策国人的陈天华》

陈天华是民主革命的活动家和宣传家。他写的《猛回头》《警世钟》等书，起到了革命启蒙的重大作用。为了激发留日学生的爱国情怀，他不惜投海自杀，演出了近代史上感人至深的一幕，给后人留下了难忘的印象。

《革命军中马前卒——民主斗士邹容》

革命乃"至尊极高，独一无二，伟大绝伦之一目的"；它是"天演之公例，世界之公理，顺乎天而应乎人”的伟大行动。因此，必须“仗义群兴革命军”。他激情高呼："革命独子万岁！中华共和国万岁！"这就是《革命军》的作者，中国近代著名资产阶级革命宣传家邹容。

《休言女子非英物——鉴湖女侠秋瑾》

为民族解放和妇女解放而英勇斗争的秋瑾，冲破封建礼教的思想牢笼，打碎封建精神枷锁，崇仰真理，追求光明，主张共和，坚持男女平等，最终献出了自己年轻的生命。

《血溅校场　杀身成仁——民主斗士徐锡麟》

本书讲述了反清志士徐锡麟弃文从武、投身反清革命事业，最终被清政府杀害的故事。出于对国家的热爱，徐锡麟献出自己的生命，他的事迹将永远激励后人深切缅怀这位民主革命的先驱。

《生可死耳　我志长存——献身民主的禹之谟》

禹之谟，民主革命党人，同盟会会员，近代资产阶级革命家、实业家。1886年，20岁的禹之谟“提三尺剑，挟一卷书”游历四方，研究西方社会政治学说，忧国忧民之心日趋强烈。戊戌变法失败，他丢掉改良幻想，倡革命救亡之说，走上民主革命道路。

《物竞天择　适者生存——资产阶级启蒙思想家严复》

严复是中国近代著名的启蒙思想家、翻译家和教育家。他长期从事教育和翻译事业，为近代中国人才培养和思想启蒙做出了重要贡献，同时他也为中国的翻译事业和中西思想文化交流做出了重要贡献。

《辛亥革命急先锋——资产阶级革命家黄兴》

黄兴，清末民初资产阶级革命家，中华民国开国元勋。黄兴在武昌首义及辛亥革命时期的爱国表现，与孙中山闻名于当时，常被时人以“孙黄”并称。本书以资产阶级革命活动实干家黄兴的成长过程为线索，歌颂了先辈伟大的爱国主义精神。

《矢志革命　百折不回——近代民主革命家廖仲恺》

廖仲恺追随孙中山踏上了创立民国与捍卫共和制的旧民主主义革命

之路；在新民主主义革命时期，他为建立、巩固首次国共合作和实施三大政策，英勇奋斗，为国殉职，洒尽了一腔热血。

《将军拔剑南天起——护国英雄蔡锷》

蔡锷是中国近代史上的杰出军事家、爱国者。他的一生短暂而伟大。辛亥革命爆发，他毅然投身于革命洪流之中，领导云南重九起义，对武昌起义积极响应。袁世凯窃国复辟、恢复帝制的阴谋暴露出来以后，他又毅然举起了武装讨袁的旗帜。

《反帝反封建运动——五四青年的爱国故事》

五四运动是一次伟大的反帝反封建的爱国运动；是一个伟大的历史转折点；是中国人民的斗争从挫折走向胜利的一个关节点，它为中国的前进开辟了一条全新的道路，拉开了中国新民主主义革命的序幕。

《思想自由　兼容并包——著名教育家蔡元培》

蔡元培是中国近现代著名的民主革命家和教育家，一生经历风雨，却始终信守爱国和民主的政治理念，致力于废除封建主义的教育制度，奠定了我国新式教育制度的基础，为我国教育、文化、科学事业的发展做出了富有开创性的贡献。

《为国家争光　为民族争气——中国铁路之父詹天佑》

詹天佑是我国最早的杰出铁道工程师，因主持建造京张铁路而闻名中外，被誉为"中国铁路之父"。他为祖国的铁路事业贡献了毕生的精力。本书向读者展示了詹天佑热爱祖国、科技兴国的辉煌人生。

《实业救国　衣被天下——轻工之父张謇》

张謇是爱国实业家、教育家。他年轻时中过状元。过了40岁，开始投身工商实业活动中，他的名言是"富民强国之本在于工"。在南通，创办大生丝厂、银行等各种实业。并将创办实业的大部分所得投入教育。他的观点是，教育和实业一样，也是"富强之大本"。

《心向革命　追求光明——平民将军冯玉祥》

冯玉祥将军"是一位从旧军人转变而成的坚定的民主主义战士"。

抗日战争期间，他辗转各地，用实际行动积极抗战。日本战败投降后，他为了断绝美国的援蒋内战，又在美国四处演说，揭露蒋介石统治之黑暗，痛斥美国阴谋分裂中国的不良行为。

《刑场上的婚礼——革命烈士周文雍　陈铁军》

周文雍是广州起义的主要领导人之一。陈铁军出身于华侨商人家庭，却毅然投身革命洪流。1928年1月，两人接受派遣，回到广州假扮夫妻从事革命斗争，却不幸被捕。临刑前，两位烈士将敌人的枪声当作自己婚礼的礼炮，用生命和爱情谱写出一曲千古绝唱。

《星星之火　可以燎原——井冈山斗争的故事》

1927—1929年，毛泽东、朱德等老一辈革命家，在井冈山创建了农村革命根据地，进行了艰苦卓绝的斗争，建立了新型革命武装，点燃了工农武装革命之火，找到了农村包围城市最后夺取政权的中国革命的正确道路。

《新民学会的主要发起人——中国共产党早期革命家蔡和森》

蔡和森青年时期曾与毛泽东等人一起组织进步团体新民学会，参加五四运动，并在赴法国勤工俭学时研读大量马克思主义著作，回国后以满腔热忱投身革命事业，成为中国共产党早期重要的理论家和宣传家。

《威震黄浦江畔　高奏抗日壮歌——一·二八淞沪抗战》

面对日本侵略者的挑衅，十九路军在蒋光鼐、蔡廷锴的带领下，高举义旗，奋力一搏。一·二八淞沪抗战，是中国军人捍卫军人荣誉和祖国尊严所发出的吼声，谱写了一曲抗击日军侵略的英雄壮歌。

《将军恨不抗日死——慷慨就义的吉鸿昌》

在国难深重的20世纪30年代，吉鸿昌将军因拒绝执行国民党指示，坚决不打内战，被迫携眷出国"考察"。回国后，他加入中国共产党，组织了民众抗日同盟军，英勇打击日本侵略者，后于1934年11月被国民党反动派杀害。

《献身革命　甘于清贫——梅岭忠魂方志敏》

大革命失败后，方志敏凭着"两条半步枪"起家，身经百战，创建了赣东北革命根据地和红十军。本书真实记录了方志敏投身于革命、领导红军和敌人进行艰苦卓绝斗争的经历，歌颂了烈士贫贱不移、威武不屈、献身革命的高尚品质。

《奏响中华最强音——人民音乐家聂耳》

聂耳在他有限的生命中创作了数十首革命歌曲，在抗日救亡运动中，聂耳的这些歌曲产生了广泛深远的影响。他的音乐创作为中国无产阶级革命音乐的发展指明了方向，树立了榜样。

《横眉冷对千夫指——中国文化革命主将鲁迅》

鲁迅不但是伟大的文学家，而且是伟大的思想家和伟大的革命家。在那风雨如晦的黑暗年代里，他以笔为投枪，同一切帝国主义和反动派进行了顽强的战斗，为中国人民树立了一个不朽的丰碑。他是新文化战线上的一面光辉旗帜，是我们伟大民族的灵魂。

《铁流两万五千里——红军长征的故事》

红军长征是人类历史上的一次伟大的壮举。第五次反"围剿"失败后，中国工农红军的三大主力在极端艰难的条件下，突破国民党军队的围追堵截，进行了史无前例的战略大转移，总行程达两万五千里以上。途中发生了许多动人故事，至今令人难以忘怀。

《荣辱不移革命志——创建陕北红军的刘志丹》

刘志丹是杰出的无产阶级革命家、军事家，西北红军和西北革命根据地的主要创始人之一。他一生热爱人民，追求真理，英勇善战，百折不挠，艰苦奋斗，忠心赤胆，为创建红军和革命根据地、为中国人民的解放事业建立了不可磨灭的功勋。

《英名永存北平城——爱国将领佟麟阁　赵登禹》

1937年7月28日，日军向北平郊区发动进攻。第二十九军副军长佟麟阁奉命在南苑率部与日军苦战，腿部受伤，头部被敌机炸伤，壮烈殉国。第一三二师师长赵登禹指挥部队顽强抵抗日军，右臂中弹负伤，仍继续作战。后在转移途中遭日军截击而牺牲。

《八百壮士　四行仓库铸军魂——谢晋元和他的战友们》

八一三抗战，中国军人以血肉之躯揭开全面抗战的帷幕。这是一场血战，是中国军人不屈不挠的英雄诗篇，其中的八百壮士守四行，成为这首英雄颂歌中最动人、最凄美的音符。一曲四行保卫战，铸就了不屈的军魂。

《八女投江　气贯长虹——八位抗联女战士》

抗日战争时期，以冷云为首的东北抗日联军8名女战士，为捍卫民族尊严，面对凶残的日寇，镇定自若，宁死不屈，投江殉国，表现了中华民族同敌人血战到底的英雄气概。她们的光辉形象，激励着千千万万的后来人。

《艰苦抗战　威震敌胆——著名抗日英雄杨靖宇》

杨靖宇将军是我国著名的抗日民族英雄。曾先后担任磐石游击队政治委员、东北抗日联军第一军军长兼政委、抗日联军总司令等职。领导军民对日寇坚持了长达9个年头的艰苦卓绝的斗争，最终以身殉国。

《死也不当亡国奴——镜泊抗日英雄陈翰章》

陈翰章，从1932年8月投笔从戎，直到1940年12月8日为抗击日本侵略者，战死在镜泊湖畔。他在抗日疆场上奋战了九年，他那可歌可泣的英雄事迹将为人们永世传颂。

《名将殉国　气壮山河——抗日将军张自忠》

著名抗日将领、民族英雄张自忠，生于忧患的时代，抱有"宁为百夫长，胜作一书生"的志向，经历过失败与低谷，最终成就了慷慨人生。本书主要以人物活动为主，勾画出一个真正的"民族魂"鲜活的人生，会带给读者振奋的力量。

《宁死不辱战士名——狼牙山五壮士》

1941年日寇在河北易县"扫荡"。为掩护群众和主力部队撤退，五

107

毕生为文化而奋斗
——中国第一出版家张元济

位八路军战士毅然把敌人引上了狼牙山棋盘坨峰顶绝路。弹尽粮绝、无路可退，五位英雄纵身跳下了万丈悬崖，用生命和鲜血谱写出一曲惊天地泣鬼神的壮举。

《太行浩气传千古——抗日名将左权》

左权，中国工农红军和八路军高级指挥员，著名军事家。是八路军在抗日战场上牺牲的最高指挥员。名将阵亡，太行山为之垂首，全党为之悲痛。周恩来称他"足以为党之模范"，朱德赞誉他是"中国军事界不可多得的人才"。

《虎将兴关外　抗倭统雄师——抗联英雄赵尚志》

本书描写了久经考验的共产党员、东北抗联的创建者和主要领导人赵尚志，在艰苦卓绝的条件下，坚持抗战，威震敌胆，战功卓著，忍辱负重，忠贞不屈，为国捐躯的英雄故事，为青少年读者呈上一部爱国主义的佳作。

《黄埔之英　民族之雄——抗日名将戴安澜》

抗日名将戴安澜，先后参加保定、漕河、台儿庄、武汉、昆仑关等战役，作战英勇，屡建奇功；入缅作战，"扬威国外，藉伸正义"；守东瓜，复棠吉；殒身缅北，遗恨丛林，马革裹尸，成就了光辉的一生。

《爱国志士　民主先锋——新闻出版家邹韬奋》

本书讲述了邹韬奋献身新闻出版事业的奋斗历程，展现了一位新闻工作者坚定的革命信念和炽热的爱国主义精神，全心全意为人民服务、为读者服务的奉献精神，歌颂了他的高尚情操和优良品质。

《为抗战发出怒吼——人民音乐家冼星海》

人民音乐家冼星海，青年时期在巴黎求学，饱尝屈辱与磨难；学成后毅然回到多灾多难的祖国，用满腔热忱谱写激昂的音乐，鼓舞中华儿女的斗志；奔赴延安，谱写出不朽的名作《黄河大合唱》，发出中华民族抗日救亡的怒吼。

《全民皆兵　抗击日寇——抗日战争的故事》

中国人民进行的十四年抗战，是一百多年来中国人民反对外敌入侵第一次取得完全胜利的民族解放战争。这场战争是以国共两党合作为基础，有社会各界、各族人民、各民主党派、抗日团体、社会各阶层爱国人士和海外侨胞广泛参加的全民族抗战。

《捧着一颗心来　不带半根草去——人民教育家陶行知》

陶行知是我国现代教育史上伟大的人民教育家、教育思想家。他从青年起就立志献身教育事业，以"捧着一颗心来，不带半根草去"的赤子之心，为人民的教育事业鞠躬尽瘁。

《为民主与和平拍案而起——民主斗士闻一多》

闻一多早年与梁实秋等人发起成立清华文学社。赴美留学期间由对祖国的深深眷恋而创作著名的《七子之歌》。后在西南联大任教8年，积极投身于抗日运动和争取民主的斗争，发表了著名的《最后一次讲演》。

《铁窗难锁钢铁心——革命先烈王若飞》

王若飞是我党早期杰出的无产阶级革命家。在艰苦卓绝的斗争中，他出生入死，屡建奇功，以超人的睿智和胆略，在敌人的监狱中，同敌人展开了殊死的较量，为抗战的胜利和新中国的诞生做出了卓越的贡献。

《横扫千军　还我河山——抗联名将李兆麟》

李兆麟是东北抗日联军创建人之一，他率领抗日联军历尽千难万险与日本侵略者浴血奋战，在极其艰苦的条件下，保存了抗日联军的有生力量，为东北光复做出了重大贡献。

《锄头开出新天地——解放区大生产运动》

为了解决困难，渡过难关，党中央号召党政军民齐动手，开展大生产运动。中国共产党在其控制区域内发动的一场军队屯田和鼓励生产的群众运动，达到了自己动手丰衣足食，共度难关，既进行革命又进行生产自足的目的。

毕生为文化而奋斗——中国第一出版家张元济

《生的伟大 死的光荣——女英雄刘胡兰》

刘胡兰，坚贞不屈的少年女英雄。生前对我国劳动人民的解放事业无限忠诚，在敌人威胁面前，大义凛然，毫无惧色，英勇牺牲，表现了共产党员的高贵品质。

《饿死不领美国救济粮——爱国知识分子的楷模朱自清》

朱自清作为爱国知识分子的典型，以锐利的笔锋直言痛斥反动政府的暴行，体现了他崇高的爱国情怀和不畏恶势力的精神品格。毛泽东曾给朱自清先生以高度评价："一身重病，宁可饿死，不领美国的'救济粮'"，"表现了我们民族的英雄气概"。

《为了新中国前进——舍身炸碉堡的董存瑞》

伟大的英雄，中国人民的儿子董存瑞，从儿童团长成长为一名光荣的解放军战士，在1948年解放隆化县城时，舍身炸碉堡，为新中国献出了自己年轻的生命。他的英雄形象永远留在人民心里。

《宁死不屈的共产党员——革命烈士江竹筠》

江竹筠，就是著名的江姐。1947年春，她负责《挺进报》工作，只几个月的时间，报纸就发行到1600多份，引起了敌人的极大恐慌。由于叛徒出卖，江姐不幸被捕，惨遭毒刑的残酷折磨，仍坚贞不屈。最后被特务秘密枪杀，年仅29岁。

《抗美援朝 保家卫国——志愿军的战斗故事》

抗美援朝战争是中国人民志愿军为援助朝鲜人民、保卫祖国安全，与美国为首的"联合国军"发生的战争。在朝鲜牺牲的志愿军烈士们，他们英勇的战斗事迹、保家卫国的精神值得我们发扬光大。

《上甘岭上壮烈歌——黄继光和他的战友们》

在1952年10月的上甘岭战役中，黄继光和他的战友们在零号阵地半山腰被敌机枪火力点压制，此时，黄继光身上已经多处负伤，手雷也已全部用光。为了完成任务，减少战友的伤亡，他用自己的胸膛堵住正在扫射的敌机枪射孔，为反击部队扫清了前进的道路。

《诗书印画　全入神品——国画大师齐白石》

　　齐白石出身贫寒，做过农活，当过木匠，后改学雕花木工，从民间画工入手，摹古人真迹，学诗书法，融汇古今，而诗、书、印、画俱佳；他将中国画的精神与时代的精神统一得完美无瑕，使中国画得到国际的重视，无愧于"国画大师"的称号。

《毕生为文化而奋斗——中国第一出版家张元济》

　　张元济参与、主持和督导商务印书馆近六十年，使其从简单的印刷企业转变为当时中国教育出版的旗帜。张元济一生爱书，在中华大地动荡不安的年代里，他用自己对文化的热爱，续存着中华民族灿烂悠久的文明之光。

《独树一帜　梨园大师——著名京剧表演艺术家梅兰芳》

　　梅兰芳，京剧大师，演唱风格独树一帜，世称"梅派"。曾先后赴日本、美国、苏联演出，并荣获美国波摩那学院和南加州大学的荣誉文学博士学位。作为一位爱国者，抗战期间蓄须明志，拒绝为日本人演出，为后世称颂。

《华侨旗帜　民族光辉——爱国侨领陈嘉庚》

　　陈嘉庚是著名的爱国华侨领袖、企业家、教育家、慈善家、社会活动家。他为辛亥革命、民族教育、抗日战争、解放战争、新中国的建设做出了卓越的贡献。生前被毛泽东誉为"华侨旗帜、民族光辉"。

《向雷锋同志学习——伟大的共产主义战士雷锋》

　　雷锋，一个平凡而伟大的共产主义战士，一心向着党，一生秉承着全心全意为人民服务、无私奉献的崇高思想；发扬刻苦学习和钻研理论的"钉子"精神；坚持勤俭节约、艰苦奋斗的优良作风。毛泽东为其题词："向雷锋同志学习。"

《人民的好公仆——县委书记的好榜样焦裕禄》

　　焦裕禄，被誉为县委书记的好榜样。他用自己的革命精神，展开了与大自然、与社会落后现象、与病魔的多重抗争，让我们领略到一个共产党人的生之伟大、死之壮美的人格品质和具有现实教育意义的精神魅力。

《文学巨匠　京味大师——人民作家老舍》

老舍是我国现代小说家、文学家、戏剧家。他用融入骨髓的真诚文字反映生活的喜怒哀乐。老舍的一生，总是在忘我地工作，他是文艺界当之无愧的"劳动模范"，生前被北京市人民政府授予"人民艺术家"的称号。

《革命老人——无产阶级教育家徐特立》

徐特立是一代伟人毛泽东的老师。他出生在贫苦家庭，大部分时间生活在动荡艰苦的年代；他刻苦勤奋，不畏艰辛，追求光明，一生勤俭，为革命培养了大量的人才；他对党和人民任劳任怨，鞠躬尽瘁。他坎坷奋斗的一生，留下了许多可歌可泣的故事。

《人生能有几回搏——新中国第一个世界冠军容国团》

容国团先后担任中国乒乓球队运动员、女队主教练。获得1959年男子单打世界冠军；1961年夺得男子团体世界冠军；作为中国女队主教练，1965年率女队第一次夺得女子团体世界冠军。他的"人生能有几回搏"的豪言，举国传诵。

《石油工人一声吼　地球也要抖三抖——铁人王进喜》

王进喜，新中国第一批石油钻探工人。他为祖国石油工业的发展和社会主义建设立下了不朽的功勋，在创造了巨大物质财富的同时，还给我们留下了宝贵的精神财富——铁人精神。他被评为"百年中国十大人物"，写入中华民族的光辉史册。

《做人民需要我做的事——著名地质学家李四光》

李四光是一位伟大的科学家，他一生从事地质学研究工作，足迹遍布祖国的山川，为祖国探明了许多地下宝藏；他创建了崭新的学说——地质力学；他历尽重重困难，为正确认识地质构造开辟了一条新路。

《中国化学工业的先驱——著名化学家侯德榜》

为摆脱纯碱需要进口的窘况，20世纪初，怀着"实业救国"梦想的中国化工先驱侯德榜等人创办了永利碱厂，并立志生产出中国人自己的碱。1926年，永利碱厂终于成功地生产出"红三角"牌纯碱，从此中国制碱业得以跨入世界先进行列。

《毕生求是　一丝不苟——著名科学家竺可桢》

著名科学家竺可桢献身科学研究；治学严谨，一丝不苟；一生廉洁，两袖清风；作风民主，爱护学生。他以爱国之心、报国之志，从一个民主主义者逐渐成长为一个共产主义战士。

《热爱自然的大地之子——著名植物学家蔡希陶》

蔡希陶，五十载风雨，五十载坎坷，五十载奋斗，五十载开拓，为了发现对人类生产、生活有用的植物及新物种的引进而做出巨大贡献，在中国的植物资源学史上将永远镌刻着他的名字。

《高洁无私的襟怀——知识分子的楷模蒋筑英》

蒋筑英是中国当代知识分子的先锋典范，他不为名，不为利，尊重科学；他以坚忍的毅力和顽强的作风，在科学的道路上呕心沥血，鞠躬尽瘁，无私地奉献了青春和生命。

《迎接新生命的天使——卓越的妇产科专家林巧稚》

林巧稚是国内外享有盛誉的妇产科专家。在五十多年的医学教育和临床实践中，林巧稚亲自接生了五万多婴儿，治愈了数千病人，培养了数以百计的专门人才，为我国的妇女儿童事业做出了不可磨灭的贡献。

《独自成千古　悠然寄一丘——国画大师张大千》

张大千是20世纪中国画坛最具传奇色彩的国画大师，无论是绘画、书法、篆刻、诗词无所不通。在艺术界深得敬仰和追捧，艺术家们用真挚的感情，用绘画和雕塑展现了"张大千"多彩的艺术形象。

——毕生为文化而奋斗

——中国第一出版家张元济

《建造中国的通天塔——著名数学家华罗庚》

中国当代著名数学家华罗庚，为中国数学的发展做出了无与伦比的贡献，他是中国解析数论、典型群、矩阵几何等多方面研究的创始人与开拓者，也是我国最早将数学理论研究与生产实践紧密结合的科学家。

《问鼎长天　强我国威——两弹元勋邓稼先》

邓稼先是我国著名科学家，参加组织和领导我国核武器的研究、设计工作，从对原子弹、氢弹原理的突破和试验成功及其武器化，到新的核武器的重大原理突破和研制试验，作出了重大贡献。是我国核武器理论研究工作的奠基者之一，被誉为"两弹元勋"。

《敢叫天堑变通途——桥梁专家茅以升》

中国著名的桥梁专家茅以升从小立志为祖国建造桥梁，经过不懈努力，他不仅设计建造了一座座宏伟壮观、坚固实用的道路桥梁，而且搭建了一座座友谊之桥，为祖国建设作出了卓越贡献。

《蘑菇云之梦——核物理学家钱三强》

被誉为"中国原子弹之父"的核物理学家钱三强，更名后立志于科技报国；24岁投师于世界著名核物理学家居里夫妇；与夫人何泽慧合作，发现铀的"三分裂""四分裂"现象；统领我国的原子大军，做了大量创造性工作。

《两离桑梓地　满怀雪域情——领导干部的楷模孔繁森》

孔繁森，是一位一尘不染、两袖清风的好干部。两次进藏工作，历时十载，为西藏的建设、发展和稳定作出了突出的贡献。1994年11月，孔繁森不幸以身殉职。人民群众称他为新时期领导干部的楷模。

《摘取数学皇冠上的明珠——著名数学家陈景润》

陈景润是享誉世界的数学家，为了证明"哥德巴赫猜想"，他以惊人的毅力在数学领域里艰苦跋涉，终于攻克了世界著名数学难题"哥德巴赫猜想"中的"1＋2"，创造了中国乃至世界数学史上的辉煌。

《学术独步　饮誉四海——享有国际威望的科学家卢嘉锡》

卢嘉锡是一位在国际科学界享有崇高威望的物理化学家、化学教育家和科技组织领导者。1945年，卢嘉锡满怀"科学救国"的热忱回到祖国，对中国原子簇化学的发展起了重要推动作用，他所指导的新技术晶体材料科学研究，也取得了重大成绩。

《德艺双馨　梨园楷模——著名豫剧表演艺术家常香玉》

常香玉1941年赴陕甘演出。1948年在西安创办香玉剧社。1951年为支援抗美援朝，率剧社巡回西北、中南、华南各地演出，以演出收入捐献"香玉剧社号"战斗机一架，素有"爱国艺人"之誉。

《文学大师　激流勇进——著名作家巴金》

本书以巴金生平和主要事迹为线索，回顾和展示现代著名作家巴金的一生，以期让人们看到巴金在这风云变幻的100多年中，有过成功的欢欣，有过屈辱的磨难，有过痛苦的忏悔，有过平静的安宁。巴金的人生，映照着一代中国五四知识分子坎坷而不平凡的命运。

《壮心系科学　孜孜为国昌——理论化学家唐敖庆》

本书讲述了唐敖庆从出国求学、学业有成、回国任教，到服从安排、艰苦工作、刻苦钻研，最终成为中国量子化学奠基者的过程。让人们看到了这位著名化学家的赤心爱国、严谨治学、大公无私的崇高品格和科研上的卓越成就。

《中国导弹之父——著名科学家钱学森》

当第一颗原子弹升空的时候，当中国的人造卫星奏响《东方红》的时候，当中国运载火箭腾空而起的时候，当中国研制的导弹准确命中目标的时候，人们都会想起他的名字：中国导弹之父钱学森。

《中国近代力学的奠基人——著名科学家钱伟长》

钱伟长曾以中文和历史两个100分的成绩考入清华大学。九一八事变后，钱伟长毅然放弃了文科的学习而转为理科。他是中国近代力学、应用数学的奠基人之一，在固体力学、流体力学以及航空航天领域，取

毕生为文化而奋斗

——中国第一出版家张元济

得了卓越的成就，为新中国的现代化建设付出了毕生的精力。

《中国光学科学的奠基人——著名科学家王大珩》

王大珩是我国著名的科学家，中国光学科学的奠基人。他先在清华就读，后赴英国求学，学业有成，立志科学救国，其成就享誉神州。他以科学的求是精神和赤诚的爱国情怀，探索着中国光学发展的闪光之路。